燃烧的琴弦

中国音乐家的成才之路

张振涛 / 著

RANSHAO DE QINXIAN
ZHONGGUO YINYUEJIA DE CHENGCAI ZHI LU

苏州大学出版社
Soochow University Press

图书在版编目(CIP)数据

燃烧的琴弦:中国音乐家的成才之路 / 张振涛著
. —苏州:苏州大学出版社,2016.1
ISBN 978-7-5672-1410-1

Ⅰ.①燃… Ⅱ.①张… Ⅲ.①随笔－作品集－中国－当代 Ⅳ.①I267.1

中国版本图书馆 CIP 数据核字(2015)第 270784 号

燃烧的琴弦:中国音乐家的成才之路
张振涛　著
责任编辑　孙腊梅　洪少华

苏州大学出版社出版发行
(地址:苏州市十梓街1号　邮编:215006)
苏州工业园区美柯乐制版印务有限公司印装
(地址:苏州工业园区娄葑镇东兴路7-1号　邮编:215021)

开本 700 mm×1 000 mm　1/16　印张 9.25　字数 140 千
2016 年 1 月第 1 版　2016 年 1 月第 1 次印刷
ISBN 978-7-5672-1410-1　定价:24.00 元

苏州大学版图书若有印装错误,本社负责调换
苏州大学出版社营销部　电话:0512-65225020
苏州大学出版社网址　http://www.sudapress.com

集结在弦上 /1

一件乐器　整个中国
　　——竹笛演奏家张维良的家乡情结 /1

2014：一位音乐家的身影
　　——中央音乐学院古筝演奏家周望教授
　　　侧记 /9

竹声度调
　　——与竹笛演奏家王次恒谈艺录 /21

让琵琶永恒地行走
　　——听读琵琶演奏家吴玉霞 /37

指头的重量
　　——中阮演奏家魏育茹和她的故事 /48

高悬的指挥棒
　　——指挥家何建国侧记 /63

弦　路
　　——初读二胡演奏家李源源 /75

守望万竿竹
　　——竹笛演奏家陈莎莎与第三代执笛人 /80

双弦上
　　——板胡演奏家蔡阳身份的双重解读 /88

百弦争鸣
　　——扬琴演奏家谌向阳面前的纵横世界 /99

带火焦桐韵本悲
　　——琴家王迪 /110

集结在弦上

　　2010年,我奉命调至中央民族乐团任副团长,第一次与民乐界有了近距离接触。初听"民乐",是在"戏匣子"里,后来是在录音机里,再后来是在音乐厅里,再再后来是在电视机里。现在"民乐"则成了同事,琵琶、笛子、二胡,变成了活生生的。这个演奏家不仅仅是一个吹笛子的,他有一个名字,叫王次恒;那个演奏家也不仅仅是一个弹琵琶的,她也有一个名字,叫吴玉霞。于是,"声音"不再仅仅是"媒体",也成为眼前的"个体"。

　　进入新团体,一时不知如何"入戏"。总不能"居官无官官之事,处事无事事之心"吧,困惑间,想到自己的专长,何不编本杂志,记录身边的音乐家!难得一遇的国家级艺术家,近在眼前,所谓"近水楼台先得月"。说起来奇怪,这些在舞台上风光无限的人,大多数未被付诸文字记录过。于是,我就在中央民族乐团办了个刊物《锦瑟》,栏目之一"我们",成为发表以人物为主题的窗口。一个个人物的所思所为,就这么浮现于史册并因配发了图片而永不褪色了。三年下来,共写了八位音乐家,此书又增加了古筝演奏家周望、竹笛演奏家张维良和琴家王迪,共十一位音乐家。

　　第一次听到如此不同的音乐以及演奏者对自己音乐独特的评价,的确让人惊奇。每个人的故事,都引人深思。通过他们的叙述和叙述他们,我

[唐]房玄龄等撰:《晋书·刘惔传》(七),北京:中华书局,1974年,第1992页。

开始慢慢探究这个团队的构成。多次沟通和记录，我在不长的年头里发掘出通常需要更多年头才能看到的"内幕与隐情"，连自己都没有想到，对这个团队的关注，被卷得如此之深。我卷入了这个现代型音乐组织，被其间的运作方式和人物所吸引。这或许得益于民族音乐学对"群体创造"的"除蔽"而更关注"个人创造"的指引。

节目单背后隐藏着一系列清苦的故事，这些故事叫人明白，生命个体绝非只是表层所见的那样，它有无尽的深度，只待有心人去发掘和记录。记录已经经历和正在经历的个人故事，是当初编辑《锦瑟》的年度心愿，也是现在编辑此书的心愿。

团队的历史，内在于乐团的个体生命，外在于我的个体生命，因身处其间，他们的生命便与我的生命连接起来，构成一段可以相互感受的生命史。一个人物，一段故事，如同一根琴弦上的一个结点，发出一个独特的音高，让人不禁时时回想起连接那段旋律的弦音。记录人、事、声、音，会获得一种新奇体验，总希望在团队中找到一种相互联系的方式，在不同的弦位上，找到体现生命深度的音质。于是，我拨弄着面前的琴弦，试图调出一个和谐音列，以便让不同节点上的单音构成一串流畅的琶音。记录人物和心声，大概算是剥离职业外壳的一个共鸣点。既然暂时尚无能力把团队半个世纪的编年史汇集呈现，不妨先从点点滴滴做起，记录个人的如歌岁月。

司马迁开启"纪传体"先河，成为世界史上独树一帜的文学体裁。通过一个人的故事，展示一个时代的风貌，把历史理念寓意其中。"纪传行之千有余年，学者相承，殆如夏葛冬裘，渴饮饥食，无更易矣。"

[清]章学诚：《文史通义·书教下》，转自周予同主编：《中国历史文选》（下册），北京：中华书局，1962年，第258页。

钱穆多次强调"中国历史有一个最伟大的地方,就是他能把人作为中心","只有人,始是历史之主,始可穿过事态之流变,而有其不朽之存在"。然而,这一传统却在20世纪西方近代学术思潮(特别是社会进化论和唯物史观)的冲击下日渐式微……遂使学者们发出历史研究中"人的隐去"的叹息。

> 陆胤:《以人物破除界限》,《读书》2014年第7期,第153页。

回归"以人为本"的传统,是贯通一个团队历史的恰当方式;言语行为,不仅是个人的,也是团队的。脱离个体,讨论团体,概念模糊,大而无当。因此,贴近个体,就是恢复史学温度的必要方式。

钱理群提出以文学身份、思维方式和叙述方式书写历史的方法。

他提供了"以文学作为中介进入历史"的新的可能性。文学对历史的观照,首先是对人的观照;而对人的观照,又集中于人的生命的个体性、具体性和感性存在;特别观照的是人的内心世界、人性、人情和普通百姓的日常生活细节……从文学进入历史,就可以获得可感知、可追寻、可拥有的历史性,包纳历史本身的丰富性和复杂性。它可以为理论分析与结构提供基础,又不会因理论分析与结构而简化历史。

> 钱理群:《用文学的方式进入历史》,《读书》2014年第10期,第18页。

当今学术界评价一个国家、一个地区、一个时期的音乐,不再只是向上看高端了,而是向下看一位位的音乐家,他们才是国家乐团基本素质的代表元素。所以,观察国乐,不能只看李焕之、刘文金、朴东生,还要看把李焕之、刘文金、朴东生的总谱变为音响的乐手。他们才是音色的质地。他们不一定改变了什么,但的确对行业史和国家形象的转变做出了巨大的贡献。

　　音乐的爱好者们,不但喜欢聆听演奏家的音乐,也期待阅读演奏家的故事,期待了解他们表达事物的角度以及使其焕发光彩的原因。演奏家们用心灵感受周遭过往带来的冲击,留下一份拼搏、安顿、妥协与不妥协的经历,在自己的活法中留下一个个鲜活而绝不重复的生命表达。他们不再满足于前辈经验,不愿只参与"合奏",更喜欢"独奏",但他们心里明白,自己的"独奏"永远离不开"合奏"。于是,观察他们的视角也就离不开两种方式:合奏与独奏。虽然"分谱"汇总于"总谱",但观察却不得不以分谱为主。在总谱之外,以故事化的叙述,还原单个声部的独特旋律线,因为只有分谱才是可以逼真观察总谱无法看清的支声走向的地方。既然音乐史家不排斥从一个声部去映照一个乐队,当然我们也希望别人不排斥我们钻进一个乐队去辨识一个个声部。

　　当代许多图书采用图文并茂的形式。照片既见证团队历程,也见证个体经历。音乐家比一般人更上相,因为他们必须拿出最好状态,给人留下好印象。艺术家造梦,免不了把自己也织进梦里。编配图片,是为了留住艺术家的光彩。或许图片会让人产生错觉,让人以为镜头之外他们也那么靓丽。其实,舞台上的他们是另一个自己,舞台之下,他们有着更为朴素和坚实的外表。图片记录了个体生命,但存在的意义,绝非是单纯的微笑和姿容。他们在世界各地巡演,给听不懂中文却听得懂丝竹的异乡人讲述一个个不同于以往的"中国存在"——如同图片上的那样——一个优雅、古典而坚实的存在。

集结在弦上

2013年,中央民族乐团与加州青年国乐团在美国斯坦福大学音乐厅

2011年，中央民族乐团在俄罗斯莫斯科克里姆林宫大剧院

2010年，中央民族乐团在法国联合国教科文组织大厅

一件乐器　整个中国

——竹笛演奏家张维良的家乡情结

一

　　笛子的音色,我们耳熟能详;笛子的形制,我们司空见惯;但笛子的历史,其实我们所知甚少。20世纪80年代末,考古学家在河南省舞阳县贾湖村发现了20多支鹰骨做成的笛子,当他们用炭14位素测定这些文物的年代时,惊讶地发现,"骨笛"已经有违天性地在那里静静躺卧了八千九百年。人们总是说"中华文明上下五千年",贾湖骨笛不但改写了中国音乐史的年头,也改写了中华文明史的年代。

　　笛子上的打孔处,刻有微小刻痕,说明开凿之前,经过了精密计算,也说明音阶意识已经固定。人们说"中国音乐是五声音阶",其实,那是指"以弦定律"的乐器是五声性的,而"以管定律"的乐器都是七声性的。那种说"中国音乐是五声音阶""西方音乐是七声音阶"并在这种叙述中暗喻了"中国音乐简单、西方音乐复杂""中国音乐落后、西方音乐先进"的论调,也就不攻自破。

　　可以说,当不再凄清的宇宙中开始飘荡着中原先民吹出的清朗笛声,当先民伴随着清朗笛声唱出他们的欢畅心音时,中华文明就步入了新的纪元。

上述这段话是我在中央民族乐团"高雅艺术进校园"活动中为普及音乐而每场必讲的解说词，核心信息是：别小看笛子，它是中国乐器的最早祖先。

随中央民族乐团到欧洲巡演，常在台下找一些看上去普普通通的外国观众，问问他们对中国音乐的"第一印象"。我差不多总会提一个问题："如果挑一件乐器代表中国，你的首选是什么？"对于大部分第一次听中国音乐的外国人，不假思索的回答可能最真实。答案当然很不同，但多数人脱口而出的是"笛子"。乐团带了些光盘，大多数购买者也会询问，有没有刚才音乐会上听到的笛子。问答不是严格意义上的社会学统计，也不是学术意义上的价值判断，而是初听中国音乐的直觉，但这些判断中多多少少反映了一点真实。掏钱购买的人，毕竟做出了选择。其实，我想获得的就是"第一下蹦出来的念头"。这种真实，令人思量。

本以为二胡是首选，但外国人回答，"二胡音色暗"。我因此明白，二胡多多少少有些暗哑，与习

2013年，大雅国风——张维良的民乐新纪元演奏会现场

惯于小提琴明亮色调的欧洲趣味略有不符。琵琶的颗粒状音响,也使没有参照系的欧洲人不太适应。或许就是因为这些不算大也不算小的理由,竹笛排到了前面。因为竹笛既符合欧洲人对于长笛的偏爱,也符合他们对东方文化的口味。反过来说,或许这也是中国人之所以喜欢长笛的原因。

如果选择一件乐器代表中国,中国人会怎么选?文人选择古琴;乡民选择唢呐;城市人选择二胡、古筝、琵琶。不同阶层的人,排序各有理由。还有一种选择,那就是生活在生长竹子的南方人,更喜欢竹类乐器。如此说来,地方文化也是决定一件乐器受人喜欢的重要因素。排序背后隐藏了取向,取向背后朦朦胧胧地存在着乡土思维和审美判定。

二

看到苏州市"胥口中心小学"和"宝带实验小学"建立"张维良竹笛艺术培训基地"的图片,望着一排齐刷刷站成方队的小学生手持竹笛,我不禁想到我的"微型调查"真的能与现实接上茬。无论如何,这件乐器,在茂林修竹的南方,讨人喜欢,老少皆宜。

许多杰出人物功成名就之后,愿意把成绩归于培养自己早年趣味的乡音,因而也把感情投寄一方力所能及的领域,回报乡梓。张维良在苏州建立笛子培训基地的事,大概就是典型。张维良1957年出生于苏州市吴中区胥口镇,2011年12月回乡探访时,吴中区教育局渴望把竹笛引入中小学校艺术教育的设想,获得了"中国民族管弦乐协会竹笛专业委员会会长"的支持,这个建议也好像拔出了他深深扎进心里无法自拔的隐情。成立仪式上,他赠送了100支刻有"张维良"名字的竹笛和上百本自己的著作《竹笛艺术研究》。为家乡培养人才,是大多数游子的愿望,也是到了一定年龄后中国文人心底最愿意做的事。这种行为几乎不包含功利性。探其初心,得其本意,就是中国人回报乡梓的古老情结。

家乡足迹

成立仪式上学生们还相当稚嫩,几年下来,在张维良及弟子们的辅导下,小笛手茁壮成长,颇见长进。2014年末的音乐会上,他们与张老师同台合奏,笛声悠扬。竹笛已成为胥口镇青少年接触艺术的窗口,因为,"榜样的力量是无穷的",而家乡的榜样又是亲切的。

现为中国音乐学院国乐系教授、博士生导师的张维良,1982年毕业于中国音乐学院,留校直到现在。他被业界称为"圣手箫王"。1986年他就灌制了中国第一张激光唱片《箫的世界》,1997年录制了箫与多媒体的专辑《箫的传奇》。2008年在北京奥运会开幕式上担任大型团体表演节目《自然》配乐的作曲、配器以及整个开幕式全部文艺演出的箫笛演出。他也曾在许多国家举办笛箫独奏会,如1993年与日本著名尺八演奏家克利斯朵夫举办专场音乐会,与法国著名长笛演奏家弗郎索瓦联合举办专场音乐会。1987年由人民音乐出版社出版发行《笛箫演奏法》,1996年出版音乐《箫曲四十首》。

张维良8岁开始学笛,曾于不同时期跟随过赵松庭、冯子存、刘管乐、王铁锤等名家学习。他当然知道自己的使命,总是跟在老师后面绝不是艺术家所要的。哈罗德·布鲁姆曾提出一个理论:凡文学史上后来的人,总有一种"影响的焦虑",即面临前辈及优秀作品,必须以一种"迟到的身份"与前辈做"殊死搏斗",努力创造"有意的误读"、修正甚至颠覆,以此营造另一个想象空间。这种竞技拼搏,类似于弗洛伊德提出的"杀父情结",即只有"杀死"父辈才能获得新生。这个比喻有点残酷,但艺术史的发展确实如此。要想确立自己的历史地位,不想方设法走出前辈的影子,就享受不到时代阳光。

❀[美]哈罗德·布鲁姆:《影响的焦虑》,徐文博译,北京:三联书店,1989年。

可以通过这个并不恰当的"理论"重识传承的意义。一个人以合韵、唱和、模仿、拟作等为特征的实践(包括形虽摹古、实则创新的作品),尽管并非以"杀"的方式,但也确实要从前辈的套路中慢慢走出来以获得自身意义,即在保留前辈基调的基础上,求得体现自己生命能量和独立品质的实践,为"艺术共同体"增色共荣。换句话说,一个人既存在于共同体中,也必须脱离共同体的"笼罩",走自己的路。延伸前辈艺术生命并发挥自己艺术生命的传承,就是既沾溉前学也泽被后代的过程。

张维良对所有吹管乐器都有兴趣。一会钻研箫,一会探讨笛,一会摆弄埙。上午还在品箫,下午会突然转身,把气口往前一挪,呼的一声对准笛子吹口。如同在遗传上获得的蓬勃生机,他始终是一个健谈而敏捷的人。他的气口极快,反应快的人听他的快板喜出望外,反应慢的人则根本听不到他的音符飞到哪里去了,跟上他的音乐不容易。但他的音乐,有种从骨子里流露的尊严,端坐那里,像一尊山,也像家乡的湖,幽深辽远。只要一下手,你就必须跟着他走。他用音乐,勾魂夺魄。

人的活动范围不知不觉地扩大了,能把这个范围加以综合和概括的心灵永远是个了不得的例外;因为不论在精神方面或物质方面,通常总是活动的领域加大,活动的强度跟着减低。❀

张维良面对的是变化快、变化多的时代,继承传统是一方面,面对现代是另一方面,某些时段,甚至是主要方面。他是最早发起并实践"新民乐"的音乐家之一,引进西方元素到民乐中,利用现代作曲技法创作笛箫大型乐曲,他一路马不停蹄。他不得不在困惑中接受时代绞痛又接受时代鼓舞而有所作为,必须回应民乐界从各个层面追求"现代"的要求。他既要不断思考前代艺术家面对的老问题,还要思考新一代人面临的新问题。这使他的创作呈现出多种面相。自然,他不会忘记传统,他改编的古曲《秋江夜泊》《梅花三弄》等广泛流传,就是最好的说明。

❀ [法]巴尔扎克:《都尔的本堂神甫》,傅雷译,北京:人民文学出版社,1978年,第67页。

活动留影

三

  学者躲在表演艺术家身后,希望获得一种保持距离的远视,以便能够抓住整体。远视很难,弄不好就会概括失当。像张维良这样的表演艺术家,不得不经常在世界语言与本土语境之间切换,如同经常在现代风格与传统风格之间切换。一类乐器何以产生完全不同的讲述,背后支配的当然是时代的塑造。手持笛箫的张维良,真是神奇,竟然能够把"中国文化"这样的大概念,落实到一件乐器上,让人从中获得最贴近"中国"、最贴近"本土"的整体印象。这样的印象是那些能够从整体上把握中国文化的人吐放自如、超越俗界的掌控力。张维良的从艺年数可与年龄相当,起初,笛子对于他不过是让自己安贫乐道的乐器而已,绝没有想到靠它出名,更没有想到可以从中获得把握中国文化整体印象的艺术感悟力。然而,时代给了他机遇,让他通过这件体轻如叶的乐器,获得了不同行业的文人通过各自角度对中国文化了然于胸的掌控力和大印象。现在,张维良则愿意把带领自己走进中国和本土的乐器,交还给家乡的孩子,带领更多孩子认知家乡和认知中国。

或许"身份认同"的概念能够成为解释一个人对家乡以及意识到家乡对于成长意义的视角。身在音乐院校,心系家乡学校;身在专业组织,心系社会团体。把两个区域连接一起,"认同"是一个焊接点。他对家乡孩子的感情,自然是与从家乡走向专业院校又从专业院校回到家乡的年龄移动和连接有关的。"少小离家老大回",自然使人意识到身份。这不但是逐渐发现天性从而"自觉"的过程,而且是参与一项社会性事业因而认识身份的过程。其间没有预设,是一步步走过来的。

我们接受的解读体系有弗洛伊德、笛卡尔解释的作为"个体"的人,也有马克思主义解释的作为"社会"的人,还有格尔茨解释的作为"文化"的人,更有中国传统解释的作为"家乡"的人。中国人对家乡的认同,大概是不同解释中最隐秘也是最扯动人心的一种。无论如何,连接认同的器物,都是一根竹管。对于起着如此连接作用的竹管,人们怎能不报以敬畏?

2014：一位音乐家的身影

——中央音乐学院古筝演奏家周望教授侧记

年历中行色匆匆

2014年是个普通年头，对于一般人来讲没有什么值得大惊小怪的。然而，就是这个普通年头，如果把一位艺术家的行踪汇总起来，就足以见证她的忙碌程度，也足以见证她所从事的民乐事业的繁荣程度。假如没有微信上她无意间收集的演出记录，或者没有她的朋友们碰巧把演出后大大小小的聚会拍下来，恐怕很难捡回遗落于年历中的细节。

周望与学生们（从右至左：崔晓彤、崔彬、苏畅、程皓如、王钰）

真的要感谢新媒体,谁会想到"微信"竟然也可以作为一种史料,成为"合法"凝视一位演奏家匆匆身影的窗口。

远至美国、韩国,内至台湾、香港,近及家门口北京,行程排得满满当当。除了课堂,走出校门,艺术家面临的就是下一个国家,下一个城市,下一个剧场。于是,移动起来不怎么容易的二十一弦筝,就从一个舞台搬到另一个舞台,讲台也从一个课堂移到另一个课堂。10月早上醒来时还感到美国的凉意,心里怀念的却是5月份台湾的亚热带阳光。我们就从这些浮光掠影中看看她的行程吧。

5月4日,如同打擂台一样的音乐会"西北筝峰"在台北市"中山音乐堂"举行。她的弟子程皓如,在台北簪缨乐团打击首席洪宽伦的手鼓伴奏下首先出场,演出由黄枕宇和周望创作的《西部主题畅想曲》。周望演奏了由三首陕西小品《凄凉曲》《道情》《扫雪》(周延甲编订,黄晓飞乐团编配)连缀而成的一组民间乐曲和音乐会压轴曲目《新翻罗江怨》(周延甲、黄枕宇作曲)。

7月29日,"中韩青少年音乐艺术节——第九届展望国际青少年古筝夏令营"在韩国釜山举办,周望率团参加。29日晚,两国演奏家交流音乐会上,她独奏了《秦桑曲》并和数十位经过挑选的年轻人一起合奏了她的合奏版作品。簇拥她的几十把筝,汇成一股温暖的音流,共同编织为一片绵密的"锦绣"。她的琴声不着痕迹地融入年青一代的生命之歌中,化为润物无声的细雨。

8月16日,香港葵青剧院演艺厅,"筝情——周望、徐菱子南北古筝大师音乐会"。周望和香港演艺学院徐菱子教授与第三届国际古筝比赛金奖得主周立本、万幸联袂演绎了《梁祝》《云岭音画》《凄凉曲》等。

8月18日,北京中山音乐堂,"敦煌之夜——中国音乐家协会古筝学会换届庆典音乐会"。周望演奏了父亲周延甲创作的《凄凉曲》。

9月30日至10月9日,第二届美国普林斯顿大学举办中国音乐节。10月5日,普林斯顿中国音乐节闭幕式音乐会在纽约卡耐基音乐厅举行,周望、周展(中国广播民族乐团)领奏《百花引》《倾杯乐》,学生崔杉独奏《秦土情》,程皓如独奏《如是》,周望独奏《新翻罗江怨》,之后接受媒体采访。

11月13-17日,中央音乐学院民乐系举办"第二届弹拨音乐节",开幕庆典音乐会上,周望独奏《新翻罗江怨》。作为民乐系弹拨教研二室主任和音乐节的承办人,大到六场音乐会和十五场讲座(开幕式、中日韩音乐会、获奖学生音乐会、新作品音乐会、箜篌专场音乐会、闭幕音乐会)的策划、邀请专家、讲座日程,小到盒饭门票、租借乐器、排演走台,她事必躬亲。

我无法一一跨入那些相隔千山万水的音乐厅,然而,却能想象她靠一己之力撑起整个大厅、那爆发于指间的音量。闭上眼,一把筝带出的风,"过江千重浪,入竹万竿斜",在偌大的主厅回荡……今天,她所在的地方,巨大的空间,只有被她的筝声灌满的响亮。然而,几分钟前,她的世界,独自一人。只有无人世界中的千万次打磨,才能让她自己的声音变为世界的声音。今晚她可以说:自己的声音是世界的声音,世界的声音是自己的声音。

原来声音背后,这样幽深!

一个音符落下的过程

周望弹筝照

她的音乐故事,不是"第一次听到琴声就被吸引、几岁学艺、几岁被大师收为弟子从而走上音乐之路……"她的音乐故事,是从第一次睁开眼睛看世界、第一次张开耳朵听世界的时候就开始了。父亲、母亲的琴声,伴着童年的每一天,一起融入周望体内。耳濡目染的美妙琴声,如同水,如同空气,须臾不离,使她终生难以割舍,成为她生命的必需。母亲丰芳是西安音乐学院的二胡教师,父亲周延甲是西安音乐学院的古筝教师。他们有美好的憧憬，想把孩子培养成有用之才。周望的父亲像盏明灯，照亮了她的前路。堆满书谱的房间里，父亲的讲解与示范，以及不能传译、不可言说、只能用心灵体会的"绝对指令"，成为她走向中央音乐学院教授之路的第一级台阶。这些，使她明白了家教之于人的重要性，也体会到父辈的观念几乎就是规定她未来走向的深刻印记。

说来奇怪，先秦就被记录下来并在唐代诗人的妙笔生花中大放异彩的"秦筝"，到了20世纪，竟然销声匿迹，在西安城里找不到一丝声息。只有偏远的陕北榆林，在民间的"小曲子"里，保留了些许痕迹。大唐宫廷里明晃晃、响当当的乐器，在诞生之地，莫名其妙地湮没了，让音乐史家觉得不可思议。如有底层记述，那必将是一本厚厚的沧桑史。因此，"为往圣继绝学"的使命，注定落在了周望父亲周延甲肩上。但真正实现秦筝回归夙愿的，还要从改革开放之初，周望来到北京，在长达八年的中央歌舞团舞台上，将秦筝音乐传播全国开始。从此，父亲的心血，秦筝的魅力，在一个十几岁的女孩手上，焕发出新的生命力。那美妙的境界，感染了整个北京城，波及整片神州大地。

[秦]李斯：《谏逐客书》："夫击瓮、叩缶、弹筝、搏髀，而歌呼呜呜，快耳目者，真秦之声也"。吴楚才、吴调侯选《古文观止》，北京：中华书局，1978年，第170页。

周望从西安走进北京的这关键性一步，无论怎样评价都不过分，因为，一件地方性乐器，乃至一个地方性乐种，从此走出了地方。她携带的那种文化因子，在国都中被放大，其影响无法估量。从某种意义上说：秦筝复活了！作为古筝演奏家，周望的历史性贡献就在于，用她的智慧，她的表演，她的娴熟技艺，诠释了父亲头脑中"秦筝"的理念，并将其魅力传递到对整个国家音乐文化的走向起着决定性作用的都城——北京。

周延甲、周望、周展,几乎成为这个"春风吹又生"的乐种的符号。父亲周延甲带着一双儿女周望和周展,一步步演绎了一件被遗忘的乐器重吐清商、再续乐府的现代传奇。父与女,父与子,联手拼搏,同舟共济,硬是让湮默无闻的秦筝,誉满天下。生生不息、起死回生的故事,绝非传奇,而是周家人的家族史。20世纪,许多地方乐种面临"现代"转型的挑战,几乎都是靠一个人、一家人的努力,化濒危为繁荣,从草莽至华堂。这份当地人的真实实践,也算民族史中不可或缺的家族史和地方史。今天被誉为"文化自觉"的先行者,把为数不多的文化遗产悉心呵护,利用那个时代不多的一点点机会,让不绝如缕的地方记忆,慢慢熬成了一个地方的"文化品牌"。而让这个"地方品牌"变为"国家品牌"的推动者,就是周望。前面所列行程中的节目单上之所以排列了那么多陕北筝曲,也与周望亲历过起源于陕西又消失于陕西并在父亲的艰难奋争中起死回生所留下的创伤记忆有关。这个现代乐器史的鲜活个案,灌注着一个家族的体温。

周望回忆小时候时说:西安的冬天很冷,窗上一片茫茫白雾,用手捏着袖口擦拭玻璃上的雾气,触手都是冰冷。她的手指,开始在差不多同样冰冷的筝弦上拨弄——背靠着西安布满沧桑痕迹的砖墙。或许,她的声音总带着一种无法抹去的厚重,就是因为身后站着父亲,立着那座厚重的城墙。西安所处的历史地位与秦筝之间具有某种不身临其境就难以理解的内在关联,这个重影,让她的指音加重了许多。周望也曾师从过山东筝派名家高自成、浙江筝派名家项斯华、范上娥,潮州筝派名家杨秀明等,收南北各派之长的兼容,不影响她指尖上的秦筝底色。民间筝曲,永远是她教授学生的第一主题。秉承父志,重视传统,把其置于现代作品之上,即使不能说把现代曲目降为配角,至少置于平起平坐的地位,因为她知道其中的养分。中国音乐的魅力,不在复杂,在于在平凡的乐音中显露出不平凡的气质与声韵。传统筝曲包含的有关人与自然、人的本土环境的人本情味,是一种不可替代的资源。所以,回到传统,实际上是文人阶层抗辩过于强势发展的"现代"的一种手段,它促进了人本主义的提升。

一件乐器上,你可以弹出一个音符,我也可以弹出一个音符,但职业演奏家手中的音符为什么不一样?因为圆润饱满程度、力度强弱程度、火候拿捏程度不一样。进到耳朵里的音符与进到嘴里的食物一样,容不得一丝不讲究。人们对食物的苛求如同音乐家对于音符的苛求!一千个音符就有一千种差异,没有两片叶子是一样的,这就是艺术家的追求。舞台上激动人心的五分钟,需要数千万次挥动,数百次的录音倾听、书谱翻阅和作曲家或知情人寻访……舞台上的五分钟与舞台后的几十年,并不成比例。没有数十年打磨,就绝对找不到那些最适度的分寸。音符是心灵折射的影像,得于心应于手,得于心会于意。同是音符,听起来不一样的差异,就在这里。如同狄金森的诗句所说:"一种磨炼过的典雅是双倍的典雅/不,那是一种神的风采。"周望展示的就是具有双倍典雅的风采。

"性痴则其志凝,故书痴者文必工,艺痴者技必良;世之落拓而无成者,皆自谓不痴者也。" 就是因为几十年如一日的痴迷,她的职业生涯越走越辉煌。1977年入中央歌舞团,至1985年之间,她多次代表中国艺术家为来访的外国政要(美国总统卡特、埃及总统穆巴拉克、朝鲜领导人金正日、巴勒斯

[清] 蒲松龄:《聊斋志异》(上),上海古籍出版社,1979年,第100页。

坦领导人阿拉法特等)独奏,多次到港、澳、台地区及东南亚、美国、日本等地演出。在人民大会堂小礼堂,美国前总统卡特在观看完演出后饶有兴致地走上台,非要近距离观看这件令他不可思议的东方乐器。他向周望提出了一连串问题,试图解开其魅力产生的原因。站在美国总统身边,周望的确感到自己代表中国文化的自豪。

1982年,周望参加全国民族器乐观摩演出,荣获古筝演奏一等奖(文化部主办),1986年获首届江南丝竹创作与演奏比赛一等奖,1987年参加首届江南丝竹创作与比赛荣获演奏一等奖(文化部主办)。1985年进入中央音乐学院民乐系就读本科,保送研究生,毕业后留校任教。"过五关斩六将",从剧团到大学,从本科到硕士,她一路过来,经过数百场考试,数百场演奏,跨越了整个教育过程。1979年由中国唱片社首录她的作品《秦桑曲》,此后又录制了多盘CD专辑《高山流水》《名家名曲·北派古筝精髓》《传统古筝专辑》《中国筝曲——陕西篇》等,还出版自己创作、演奏、主讲的VCD教学带《古筝教程》及《古筝名曲解析》《名家名曲——中央音乐学院古筝考级示范教学VCD》《古筝基础教程》,专著《古筝速成演奏法》《周延甲古筝曲选》,发表学术论文《秦筝、秦人、秦声》《古筝名称的由来及其他》等。

遇上了好时候

说起文化繁荣,莫如具体看看筝界变化。繁荣的体现物,偏偏落在了这件乐器上,这不是周望一代人的福分么?几十年前还不招人待见的乐器,一眨眼工夫,翻倍蹿红,让弹筝人手脚并用。照民乐界的说法:"教古筝的忙死,教二胡、琵琶的不慌不忙,教扬琴、三弦的闲死。"

同是乐器,因为可听性和可视性,差别很大。不恭的表述是:乐器很不平等。两者兼而有之的,排序在前;兼具一样的,排序位中;一样不具备的,排序殿后。恭敬的表述是:乐器生而平等,但排序在前的比排序在后的更平等。常见乐器可分四类:一是不好看也不好听的,如低音乐器、三弦;二是好听但不好看的,如扬琴与笙;三是好看但不好听的,如打击乐器;四是好听也好看的,如筝、琵琶、二胡、笛子。

筝属于第四类,两者兼而有之,既好看又好听,既高雅又高端。女孩子敲打击乐,引人瞩目,但流的是臭汗。女孩子弹筝,流的是香汗,挥手之间,优雅、青春、内敛,都流出来了,不但观赏性高,而且可听性强。"大弦嘈嘈,小弦切切"的对比,"翻手为

周望与学筝的孩子们

云,覆手为雨"的华丽,"才下眉头,却上心头"的内敛,总之,"上得厅堂,下得厨房"的两面性,都让筝给折腾出来了。

于是,筝就被高度市场化了。上手快,普及率极高。那么多人学,挡都挡不住,据说全国有几百万人弹筝。不管数字确切不确切,现在教筝的老师,都享受"一线明星"待遇!名声传遍全国,每到一地,台口一亮相,就会制造骚动。

与三十年前"门前冷落车马稀"的状况,不可同日而语!那么多人学,自然出人才,周望的学生中,一批漂亮姑娘竞相登场。2013年扬州"第九届中国音乐金钟奖古筝比赛",金银铜前六甲中,排列着她的几位学生:程皓如获银奖、崔杉获铜奖、崔晓彤获优秀奖。十几年后,女性演奏家的排行榜上,一定标注着她们的名字。当然,若想在这件好像并不复杂的乐器上达到高水平,其深藏的吃功夫的后劲,却非一般人吃得住。宝塔尖上的演奏家,总是凤毛麟角。周望是筝界的"励志大神",让跟随她的学生们不敢懈怠。

第一次遇到周望,是在香港中文大学。我在那里读书,她去从事两校交流活动。我好像很"幼稚"地问过她,舞台上害不害怕?她的回答却很不"幼稚":"开始确实害怕,但练习时量达到一定程度,乐器就成为身体器官的延长了,化为自己的一部分。达到这种程度时,出入随意,自如收放,无论在什么场合都不再害怕了。有什么能比支配自己器官更自如呢?"

第一次见面到第一次听她演奏,其间相隔了许多年。她演奏的现代筝曲,真是逼人胆寒!现代筝曲早已冲破了历史留给它的维度,推衍到音域的极端。激越的揉弦,飞快的速度,切割的音型,展示了现代式的严密。大型乐曲的独奏与伴奏,各自都有相当的技术难度,从头至尾,紧密咬合,无一处松散。在耐人寻味的留白间,筝带着辽阔的旋律,攀爬跌落。每个气息高点上,她都以一轮轮恢宏明亮的琶音,让高潮与心潮"逐浪高"。一曲弹出,铅华褪尽,那种深不可测,岂止令人敬慕?

20世纪末期,大量创作使筝乐发生了翻天覆地的变化。今天,我们不一定认同创作者所写的每一部作品,但我们却无法不认同他们表现出来的锐不可当的步力。这些作品无疑积累了一笔可观的财富,成为新一代筝家向前探索的基础。

未奏出的音符

当女人考虑如何避开三鹿氰胺的奶粉以及如何辨认不带三鹿氰胺的奶粉以确保孩子的健康时,男人已经在考虑孩子是上牛津大学还是哈佛大学。男人与女人的不同,就是因为他们不考虑鸡毛蒜皮的事,能够攒到一个点上不断掘进。女性的成功可就不那么容易了,她们必须既考虑避免三鹿氰胺的奶粉又考虑是牛津大学抑或哈佛大学,所以需比男人付出双倍心思。新时代的女性已经不是原来人们心目中的女性了,除了脚踏实地、埋头苦干外,她们同样抬头看天,仰观世界。可以说,当代女性已经是与20世纪初的女性属于性质完全不同的"种群"了。

周望说:"当筝界都认识了你以后,你的生活好像就不存在了。"生活被严重挤压,一种身份带有的强制性和宰制性,意味着其他内容的遮蔽和边缘化。所以,她是带着责任与使命,奔波劳碌的现代型职业女性。

我们与其说是开列了一份她走向成功和已有荣誉的清单，毋宁说是记录了一份女性音乐家走出家乡的阅历，通过备案，看到她行为上表现出的对家乡筝学体系的秉承以及对其价值深信不疑的坚持。虽然，她面临着越来越宽阔的世界和挑战，但逐渐建立起来的阐释系统，来自一个被她充分认知的乡音系统——秦筝。虽不能说因为出生地这个看似成立的理由，提供了我们追溯和猜测她风格的由绪，但作为秦筝传人的事实，确实可以拉近人们对她与家乡之间关联的认识。

记录一个数年后还会有人愿意翻阅的故事，自然是因为其中含蕴了一点历史学的意义。记忆常在对大人物的筛选中遗落，大事记垄断了史书，淡化了个体实践，最终使行业史成为一堆找不到体现者的概念，个人成了可有可无的影子。记录历史的方式有多种，效果不尽相同。我们希望唤醒的是个人记忆，因为它同样联系着一个行业的过去与未来。关注个人的"新史学"，就是寻找点点滴滴遗落在个人时光中的弦音。

音乐家周望的弦音，已经告诉了我们这一切……

（原载《中国艺术时空》2015年第4期）

竹声度调

——与竹笛演奏家王次恒谈艺录

乐器家族中年龄最长且青春常驻的竹笛，命中注定要成为中国音乐的象征和当之无愧的"中国一号"。改写了中国音乐史也改写了中华文明史的"贾湖骨笛"响彻了八千年，哪件乐器敢在它面前摆谱呀！不过，到了20世纪，沿用了几千年的乐器，能让中国人自豪的已经不多，无一例外都与中国悲郁的近代史以及连带的文化主体性沉沦相联。琴瑟淹没，钟磬不彰。依序而下，总有一股闷气郁结心头。直至玲珑的琵琶、隽秀的二胡、清朗的竹笛跳出，方能为之一振。竹笛体小量轻，跳过一次次劫难，承载着民间神灵，延续着历史记忆。一辈辈笛家，一首首乐曲，既引人目视他们的心灵载体，也引人凝望与他们的成长史相连的历史深痕中的点点青翠。

记录王次恒的艺术观，不是件容易的事，他在舞台上吞吐收放，舞台下沉默寡言。理解王次恒的艺术见解，不可能仅通过一次谈话，也不可能一次就触及核心，需要间歇性地慢慢来。于是，谈话就在空间推移中一次次转换主题，断断续续，由春复秋。驱动社会风潮的原因，普通人说不清楚，少数人却能嗅到其中风向，这些人不一定是表述力很强的人，却永远处于第一，直觉厉害的艺术家就是这种人。艺术大势中，总有几个先觉者站出来，用自己的声音矫正国乐,用自己的勇气抵抗媚俗。王次恒是先行者之一!这就是笔者之所以愿意记下他的片言只语并梳理成文的原因。

2012年,王次恒与作者在莫斯科展览馆

一半是海水,一半是湖水

2010年冬,维也纳饭店,巨大的落地窗前,多瑙河横亘目前。江声浩荡,雪光如银。我与王次恒第一次坐而论道。他放下茶杯道:

中国竹笛飘出来的"味道",应当有龙井的清香,笔砚的墨香,线装的书香,咏梅的暗香,这才是站在水乡弯桥、青石街面、木栏水榭、孤城角楼的中国人应该听到的笛声。这种声音真的需要那么复杂吗?中国文化的核心是以简驭繁。吹出了画角哀,吹出了屈子吟,吹出了征人泪,吹出了闺中怨,吹出了荫中鸟,吹出了鹧鸪飞,就一截竹管这么简单得不能再简单的乐器,非要承受不能承受之重,加键凿孔、旋宫转调、新声变律、奇技淫巧,弄得自己不伦不类?简简单单的旋律,让中国文人和中国农民陶醉了几千年!

王次恒的反思深度让我吃惊!他在笛子上获得了学者们在遗产论说中达到的相同化境。他放下刀叉继续说:

我们总谈"发展",此话不能一刀切,许多领域,止步不前就是"超前"。既然有了计算机,何必要求石砚笔墨齐头并进?既然有了电子琴,何必要求竹笛快步如飞?既然有了钢琴的流畅转调,何必要求笛子加键旋宫?笛子不是机器,非要做到做不到或者勉强做到而差强人意的事,那反而降低了自身的认同度。中国文化的意象,真的需要那么复杂?陆春龄的笛曲,清和简淡,萧散自然,这是否应当成为一种声音坐标和文化典型?

王次恒谈到了一个器乐品种应有的历史定位和现代定位,如同马克思在《政治经济学批判导言》中关于希腊神话与现代机械并存的诘问。20世纪,传统乐器无一例外参与了言说当下复杂生活的使命,承担了为建立国家主流意识形态"献言献策"的责任,也成为人们对一件件乐器在表现范围上面面俱到、样样不遗的过分要求。超越一件乐器表现力的期许,反而让其力所不逮,处于勉为其难的尴尬境地。非要让弹出恬淡清畅《渔舟唱晚》的古筝狂风大作《战台风》,如同要求书法与电脑竞速一样,用中国器物表现中国,却采用了与文化初衷相悖和反讽的方式。王次恒的话实际上是在反思一件乐器应当在怎样的范围、以怎样的程度、用怎样的方式言说现代，而非大包大揽，气吞山河。无须说，这已非一个简单的传统乐器自我定位的话题，而是中国传统器乐在怎样程度上参与现代言说、扬长避短、有所收敛的话题，乃至古老的东方文明在现代化处境中如何安放、存身、立命的问题。

　　这是知言，而且，他绝不是说说而已。在瑞士首都伯尔尼的音乐会上，我听到了他生命的平静。那天，他吹的是《鹧鸪飞》。没有炫技，没有夸张，秀润醇厚，含蓄内敛，像苏黎世湖一样波澜不惊。笛子声，流水声，环绕匀称，若云若雾，演绎出一段既没有高潮也没有激愤的单纯。其实，他以禅力和定力，计较着每一个音符的力度与厚度，决不让任何一个音过于加重或过于薄弱，听似平淡，却风神俱足。律动连着律动，气口连着气口，辨不出重点与轻点，辨不出强动与弱随，没有小节线、没有轻重律的连接，撩开了一处水天相衔的浩渺，连接起一段云气莫辨的东方。王次恒用艺术实践回答着竹笛定位的问题：一管竹笛在擅长领域达到了任何乐器无法替代的气贯云水的境地。这无疑证明了它的反语：无须无用功地涉足不擅长的领地。

　　掌中翠竹，衔远山，连湖塘，无论足踏苏黎世湖还是日内瓦湖，都连接到烟波画船的西子湖，水乡人永远会把世界任何一方湖水连接到心灵栖息的家乡。王次恒喜欢老子"上善若水"的话，喜欢在山色空蒙中面对潮湿的湖面，让浮起的气体围裹，感受精神洗涤。他回忆道：少年泛舟，收桨漂荡，直到落日染湖，暮色四起。这重水影，让人听得出。

　　水乡滋养了人，但流进心底的泉涌绝不止家乡的湖塘，矫正视线的还有世界各地的涟漪。方塘里的云影,一半是海水,一半是湖水。王次恒是最早走出国门的艺术家,1990年以来,五次在德国举办独奏音乐会,几乎用上了所有用得上的中国吹管类乐器:曲笛、梆笛、口笛、箫、埙、巴乌。作为对外交流方式,竹制乐器是本土资源中最拿得出手的特色鲜明的器物之一。吹笛、品箫、掌埙,只要表达中国,当仁不让。

令他难忘的是,接受"德国之声电视台""德国西部电视台"的采访时,第一次面对必须为自己所代表的乐器给予文化身份定位的严肃话题。没有什么比一群外国人围着你、向你提问时更让人感到民族文化给予自己的使命以及代表中国发言、需要表明立场时那般清醒和坚定。你必须解释什么是中国笛子,什么是中国音乐,什么是中国文化。这些既具体又宏观,具体到演奏技术宏观到中国哲学的问题,你必须拿出明确表述。如果吹的是"西方化"的调子,你还能说什么? 因此,成功的秘诀,就是笃定做自己。这不是夜深人静、灯火阑珊的悟道,而是在镁光灯下被逼出来的抉择和回应。民族固有的审美方式和"他者"的逼视,不期然地把他推到最原本的民族性中。

与其说王次恒在国外获得的是广阔的视野,不如说获得的是对本土文化的明确认知。站在远离钱塘江的莱茵河,当年还满脑子是现代艺术、一味求新的年轻人,开始了自我矫正的第一步。在国内拼命"洋气",到了国外方才知道,原来人家要求的恰恰是你的本色和"土气"。中国人必须"中国"!不然,人家干吗要听你的笛子——那支不同于意大利牧笛、不同于苏格兰风笛、不同于法兰西竖笛、不同于交响乐长笛的中国竹笛! 这就是竹笛的独立户籍和身份证!

事情往往是这样,身处异乡,孤身一人,反而感到必须依靠历史文化的强大,反而比在家里更明晰地感知什么是鲜明的民族精神以及须臾不可去身的文化身份。王次恒感慨:"假如我早一点反思,面对西方文化人追问的档口就会觉得更自信和舒服一些。外国人推了我一把,一把让我返回本土。"

揣着中国笛子,他去了印度、日本、泰国等国,知道了亚洲音乐家怎样对待自己的传统。日本音乐家对"能乐"的坚守,印度音乐家对西塔尔的自豪,印尼音乐家对伽美兰几乎可以称之为"故步自封"的骄傲,伊朗音乐家对拉迪夫的陶醉,让人心悦诚服。亚洲音乐家对传统乐种的坚守已经成为包括西方人在内的世界音乐家敬畏有加的样板。

王次恒说:"中央民族乐团曾经与日本、韩国音乐家联合组成'亚洲乐团',相同的乐器、相同的旋律、相同的风格,让三国音乐家彼此接近。虽然同类乐器在各自文化空间的发展中各有特色,但其共性是基本的。日本、韩国音乐家坚守传统,绝不退让,给每个接触他们的中国音乐家留下了强烈的印象。"

西方交响乐团形成的强大气场和独步天下的霸权以及由此构成的对各民族音乐的挤压,已经引起亚洲音乐家的强烈反弹,作为中国音乐家,我们退避三舍,拱手出让了本该属于自己的文化话语权。无须讳言,西方人视野中的中国音乐,没有获得印度人、日本人、韩国人、伊朗人的评价。不一样的文化景观,让王次恒获得了迄那时为止从来没有过的明确定位。他渐渐悟到了一种方向,一种整个中国文化界开始提倡的方向。

他深有感触:"出国之前,心中只有世界,以此衡量中国;出国之后,心中只有中国,以此衡量世界。"

话抵深境,主客无语,坐观阔窗。其时,"坐中人半醉,帘外雪将深。"(苏东坡语)

一半是音符,一半是休止

2010年年中,奔赴甘肃和青海的汽车上,窗外景物,一派浓夏,谈话时断时续。王次恒谈到认识的转变:

若说演奏西北秦腔,当地最一般的剧团乐手也比你地道,如同西安街边最小的泡馍店也比你做的强一样。一个品种之所以令任何品种无法取代,构成独特的美,就是因为它有个明确的定位。一个终年拉秦腔板胡的人非要涉足小提琴,如同一个终年做泡馍的师傅非要做汉堡包一样,味道不会地道!汉堡包与肉夹馍,比萨与包子,酸奶酪与臭豆腐,怎么替代?既然嘴巴和肠胃这么喜欢多样化,耳朵为什么要单一?

20世纪70年代末是中国教育史上出现的一段突现辉煌的时期,一批年轻人急不可耐,兴致勃勃,冲进主殿。1977年至1978年,中国高考参加的人数570万,录取27万,约略相当于唐代二百九十年录取进士一万余人的严酷比例。那两年录取的大学生无疑是"文革"取消高考制度后积压下来的青年才俊,王次恒是其中之一。类似元代中止科举后汉族文人靠创作杂剧宣泄感情一样,"文革"期间的年轻人同样通过艺术渠道寻找精神慰藉,王次恒也是那时开始学习音乐的。无疑,音乐界大闹天宫动摇秩序的就是后来当得起"新潮乐派"响当当名号的这批年轻人。伴随"新潮乐派"作曲家成长起来的还有一批年龄相同、志趣相投的演奏家,如果没有成长经历相同因而充分理解同龄人语义的演奏家,便不可能把同伴的作品演绎得如此透彻。

1982年,"日本邦乐团"访华,首演三木稔的作品,在民乐界引起轩然大波。新奇音响和新奇技术,如雷贯耳。从来不知道的现代技法和从来没听过的现代音响,裹挟着一系列新概念,以前所未有的力度,铺天盖地,席卷而来。被捂着盖着挡着什么世面都没见过的年轻人,第一次知道东方乐器竟然可以吐出这般动静。于是,成帮结队,一门心思追赶潮流。隐然而未成形却自下而上寻找新语言的诉求,终于找到了突破口。国门初启,民智渐开,年轻人还不能轻易说明白了追求方向,越来越多的东西不太说得清楚却渴望说清楚,于是,他们终于试着用新语言把不同于上代人的"话"说清楚。这是改革开放之初密集展示外国文化的一段阳光灿烂、令人炫目的日子,对刚刚步入专业圈的年青一代产生了深远的影响。人们还不知道"新潮乐派"将把中国音乐引向何方,但唯一可以预见的就是,中国乐器的演奏技法,迎来了一次全面更新,一次比任何时候都更具广度和深度的更新,变换的不仅是曲目,还包括技术规则和评判标准。

作曲界一轮轮推出新作,谭盾的《竹迹》,周龙的笛子与琵琶《绿》(王次恒与吴蛮演奏),张小夫的《吟》,都在笛子语汇上大幅度拓展了原先没有的途径。一时间七孔笛不够用了,异想天开,外加三孔,诸如此类的创举,层出不穷,见多不怪。思想解放焕发出了一段乐器史中从来没有的把生命力和创造力连接到改造社会宏大主题的奋力强奏上,一大堆名称新颖的曲目以及一系列为之鸣锣开道的评论,至今使人激动。这是少有的时光,王次恒冲锋在前,担当了作曲家的实验新技的卫道者,"其音慷慨,血气为之动荡"。

时间倏忽过去了20年,得风气之先者都已人届中年,艺术态度悄然变化。无须说,这种变化体现了社会风气的转向。逐渐沉静下来的兴风作浪者,开始了另一番思考:当代中国艺术道路到底应该怎样走?杨荫浏曾经回答过20世纪前期"国乐发展"道路的问题,提出的保持国乐"基本成分"的结论,至今依然适用。每个时代的音乐家都必须回答,自己的时代该向何方发展。西方思潮涌入,封闭者如饥似渴,囫囵吞枣,一顿饱餐。吃也吃饱了,喝也喝足了,舒服不舒服,自己的胃开始发言。吸纳、消化、反刍,三阶段,谁也逃脱不了。国学复兴,多元格局,从反叛到回归,21世纪以前的20年崇尚西方,21世纪以后的10年回归本土。不约而同,王次恒与许多同伴纷纷从极端的现代主义走向年轻时代的反面。这构成了另一番气象,背后隐藏着文化自觉和文化自信,隐藏着中国文人走向成熟后必然步入的落叶归根的宿命。

也许,每个人都会有一段狂热迷恋"新潮"的时期,也许,人生应该有这么几次不计成败、不计成本、全身心投入的追风锐气。经过一段迷恋,冷静下来的还是原来的他吗?与没有经历痴迷的人相比,心灵深处回归的反弹或者反作用力,肯定大不一样。

吹笛不但是王次恒表达自我的方式,也是他的修行方式。一根紫竹,让他学会了定神凝虑。竹子、笛子,诊断心灵,滋养了一代代文人节操,也照样沁入当代人的心脾。郑板桥云:"盖竹之体,瘦劲孤高,枝枝傲霜,节节干霄,有似乎士君子豪气凌云,不为俗屈。"乐器材料在这个层面上不断影响接近它的人。古语"竹声度调",或许可以这样解读?

王次恒低语:"早年醉心的作品,现在听来听去都不是中国味了,不伦不类。许多问题,今天似乎看清了。"或许只有处于这样的人生阶段上,才能说出这样的话。有此觉悟,历史将谅解一代人的唐突。这是否可以等同那些曾誓言要取消京剧、取消中医,甚至取消汉语的"五四"斗士的"经典悔恨"?

王次恒在俄罗斯莫斯科克里姆林宫大剧院演出照

一半是追寻,一半是回答

2010年11月5日,深秋将尽,在国家大剧院音乐厅上演的"南山截竹恒北斗——王次恒笛子独奏音乐会"上,我体会到深度参与"新潮乐派"演奏家的变化。

大学毕业时,王次恒对自己提出了更高的要

求,不想借他人之酒浇自己垒块,尝试自己写作品。性格决定行为。于是,有了1983年的处女作《塞外随想》(邵恩、王次恒作曲,刘沙改编)。1990年,一家台湾唱片公司来录音,因找不到合适曲目,王次恒决定自己写一部大型作品,于是有了29分钟的笛子协奏曲《钗头凤幻想曲》(获台湾唱片"金马奖")。为了确立取材于宋代诗人陆游名篇《钗头凤》的音乐主题,他回到家乡看杭州小百花剧团的《陆游与唐婉》,并在绍兴民歌中收集素材。作品从构思到修正,用了十几年,19世纪的古典戏曲风格微妙地转化为20世纪的器乐语言,构成了一种现实与梦想之间的回应。

我们不知道他是否在作品中找到了自己的存在感,但它们的确帮助我们认识了当代的笛子世界。他的创作很不"现代",依然沿袭中国人对旋律情有独钟的老路子,从头至尾,贯穿歌唱。费力不讨好地写旋律似乎是过了时的陈旧戏码,但听到长气息的旋律,我没有觉得老套,因为它的顿挫提按,填满了"现代"意识,是当代人对传统的又一轮解读。王次恒毫无掩饰自己的审美取向,力拒怪狂,守护旋律。他对立场的阐述是:

我们的时代要提出前人从来没有的东西已经很难,几千年的器乐传承,老祖宗把该说的该做的,都说得做得差不多了,事实上,最好的风格,就是返璞归真,最好的抉择,就是万变不离其宗。当下中国器乐的最大困局就是失去本真,背离了求真、向善、尚美。坚持本土化,坚守旋律,就是坚持中国器乐的本真。旋律是中国音乐的命根子!

人们谈论守护种种底线,不绝于耳的有道德底线、法律底线、学术底线,具体到中国音乐,大概最该守护的就是"旋律线"。我们的确在某种程度上丢失了写作旋律的能力,丢失了中国音乐的"命根子"。西方现代技法冲进来,旋律成为率先沦陷的区域,中国音乐最该突出的地方,反而成为最先破除的防线。中国人情有独钟的精华所在,被选择性地淡化与过滤。然而,旋律不仅凝聚着中国人独特的表达方式,还隐藏着核心价值,是与音色、乐器一同构成的(如同国画、书法)全球化时代辨明中国的身份证。写不出好听的旋律,做不到这一点,要么是你功力不够,要么是你其实内心什么也没有。如果我们不能用好这份遗产,就只能在别人擅长的元素中,跟着别人走。跟随就是屈从!这实际上已经影响到中国人对现代音乐的认同,乃至造成对音乐家群体的认同。百年音乐史证明,许多作品貌似得风气之先,风潮一旦消解,应时投名之作,顿成明日黄花。人们记住的还是那些美丽的旋律。选择性记忆的背后,是文化持有人的价值取向和集体无意识。价值判断根本不是个人的,而是集体的。确立标准的背后,就是历史文化。音乐家不了解国情,就做不出符合中国精神的选择。

  对于艺术家来说,舞台空间产生记忆,也产生取向结构。常年站在舞台上,不断地在反馈的气场中调整定位。王次恒的朴素判断,来自一次次的现场反馈,这个判断不会错。

  年少时代,缺乏自省,一旦不能听懂没有旋律的现代作品或者似懂非懂不知道妙在哪里,差不多总觉得心虚,自责水平差。面对现代'经典',不知奥妙究竟藏在哪里。现在,不但知道了内在玄机,还能编得出来。那种压人气势,只不过相当于对着吹口喘一大口气与平心静气的音量区别。这口气怎样吐，中国人有中国文化规定的方式。于是，不再迷惑，不再心虚。若是谁说自己对外国现代音乐理解得跟笛子母语一样，我只好这样理解，其实他对中国笛乐的理解与外国现代音乐一样差。

百余年来，中国音乐一直对应和攀比西方，用他人范式塑造自己。随着经济实力的持续增长，中国越来越自信，大可不必因为西方有个什么，中国就非要也有个什么，从而丧失延续了几千年的器乐定位。以忽略民族特点为代价的"超英赶美"式的"交响"，大多已成笑柄。坚守传统，反倒不经意间让人家尊重中国。越是坚守，地位越不可摇撼，越能不战而屈人之兵。或许这就是钱穆所说的"必附随一种对其本国以往历史之温情与敬意"。

近年来，王次恒沉浸于古典诗歌。学有宗主，艺有积识。这种品味来自老师蓝玉崧。人一生中总有几位对自己产生深刻影响的师长，在成长道路上，王次恒把蓝玉崧排在第一位。这不但是因为入学考试时蓝玉崧一眼就看上了他，而且是因为这段亦师亦友的交往，让他深触了中国文化。蓝老师与他谈诗论画，检讨国故。听起来像是没用而且一时半会儿做不到的话，当时是深者得其深，浅者得其浅。现在回忆起来，却觉得真正做到，谈何容易。王次恒说："老师的话，深微隐约，咀嚼至今。没有他，就没有我的起点和支点。"

"腹有诗书气自华"。王次恒对艺术道路不再困惑，把简单做到纯粹，"养得胸中一种恬静"（曾国藩）。作为演奏家，他不但寻到了传统灵魂，也找回了承载实体。今天，令他迷惑的西方音乐依然跟几十年前一样令他困惑，令他着迷的越剧跟几十年前一样继续令他着迷。

一半是记录，一半是概括

我曾把中央民族乐团以王铁锤为代表的第一代笛家概括为"民间化"，以王次恒为代表的第二代笛家概括为"文人化"，以曾格格为代表的第三代笛家概括为"城市化"。用一个词大致形容三代人的风格当然不一定全面，但第二代笛家确实让我们感到了沉重。一个时代的主流音乐，是由特定的文化视野、技术结构及其在此之上形成的社会主潮决定的，同时也由特定的文化视野、技术结构及其在此之上形成的社会文化主潮的变化而更迭的。古典与后现代的对接，构成许多令人思索的话题。历史变革和社会转型，往往会出现在决定文化新质和取向的人与事上，个人总是以不同方式参与和推动了历史进程。

20世纪末，旧秩序尚在延续，新秩序尚未建立，宽松环境为王次恒这代艺术家提供了自由发展的空间。当年许多人一股脑地往国外跑，他却原地不动，像棵树。一晃几十年过去了，当年才华横溢的许多人没有在艺术上达到期许的目标，奔波生计，平庸度日，才气荡然无存，几十年没见，居然发福得判若两人，让人感到生活真是消磨生命。有定力者，一步一个脚印，在本土苦难中获得了理解本土文化的深深触面，也汲取了传统艺术根脉实实在在的滋养。王次恒就是这样的艺术家。

如果把王次恒渐至成熟的时光一劈为二，20世纪80年代的挥戈奔突，21世纪的心气渐平，就是基本概括。我们看到，热烈的生命崛起，逐渐像西湖一样平静下来。两个阶段，让我们看到他和他的同代人的变化。让他心灵深化的,就是国内国外的巡演行程,反反复复的舞台实践,南来北往的人理常事,艰难苦恨的人生博弈,持续不断的教材编修,系年系月的扶笛而思,以及四季兴替间对简单生活的期盼。这些积淀的总和,就是他现在的艺术态度。

艺术不一定一路闷着头向前走,20世纪的中国文化太过左右摇摆,人们需要向相反方向回望。从现代到传统,从炫技到平白,从复杂到简约,是中国文人生命归宿挡不住的趋势。把复声化为旋律,并非有从树上爬下来再回到树上去的意思,把动辄几十分钟的交响乐、协奏曲换为数分钟的小令短调,也绝没有降低、糟蹋中国音乐家能力的意思。面对世界风潮,中国音乐怎样"发展"才合适?正如学者们谈到的自成体系的古琴艺术可能根本不需要"发展"。像竹笛一样的乐器有没有必要太过与时俱进?把什么都加上电声背景,配上和声复调,真的符合民族文化长远利益而不受损伤的愿景

2013年,王次恒台湾音乐会演出照

吗？适度放慢脚步，思考清楚，再行不晚。自信已经建立，时机已经来临。究竟用哪种风格、哪种手法参与当代言说，就像中国人为什么会在一个特定层面上接受竹笛一样简单与复杂。对此，王次恒做出了自己的回答。

  我不能肯定自己对另一个不用文字表述生命的个体的文字表述是否达意，但在总括王次恒的表述中，我确实发现了他的"竹声"之所以如此"度调"的气脉。笔者之所以与被表述者有着相同精神向度的表述，是因为对话者共同拥有的对国乐发展30年景深的"前理解"。20年前，王次恒元气淋漓，一副改天换地的气概。今天，他神情淡定，从容不迫，吐进竹管中的气息，不再急迫。说起来变化真的太大了，大到30年前不顾一切追求新声变律的同一辈音乐家的投入都得重新定义与重新思考！

  结语无从落笔，不妨化为禅意（《东坡居士过龙光留一偈》）：

    所得龙光竹两竿，持归岭北万人看。
    竹中一滴曹溪水，涨起西江十八滩。

（原载《人民音乐》2012年第8期）

让琵琶永恒地行走

——听读琵琶演奏家吴玉霞

  2010年初，中央民族乐团赴欧洲巡演期间，笔者与吴玉霞相约到"巴黎音乐博物馆"参观。漫步于乐器世界，一如置身于文化长廊，一件件乐器如同一个个物化的族群符号，在多元视野中漂浮。走至东方馆，她突发奇想，隔着玻璃窗，用手勾着摆在展柜中的琵琶弦，让我拍照。这个叠影创意，足见她当时的灿烂心情。把虚拟空间与现实空间连接的"互文性"审视，很容易让人产生飞身"穿越"感。当然，也有令人沮丧的事，博物馆中唯一的琵琶展品被标注为来自日本、韩国，让我们生出些愤愤不平，本想告诉彬彬有礼、却对东方知识大约相当于中国小学生的管理员，又不愿为了这点文化冲突的陈设给我们造成实质性的精神损害，只好把话咽下喉头，权当鼓励继续中西文化交流不断行动的动力。

  一个充满创造力和生命力的艺术家，总是不断给人带来惊喜，"不安分"的天性让他们每一分钟都要制造意外。如同面对琵琶就渴望勾住丝弦甚至虚拟了玻璃一样，吴玉霞的生命力，一旦遇到琵琶或相关的事，就会产生超"透明"的"穿越"和链接，灵感喷如泉涌。以小见大，一次次音乐会，一次次讲座，一次次出版，让人感到她为了琵琶而永不止息的创造力，不知道下次又会制造出什么景观来。

果不其然,2010年8月,吴玉霞一举推出了五样产品:一台包含两部协奏曲、若干大曲与小品的"玉鸣东方——吴玉霞琵琶独奏音乐会",一本20余万字的文集《我的琵琶行》,一本琵琶谱《指尖上的舞蹈》,一盘CD,一盘DVD。真像五指并拢的重拳,五样产品,彰为五色,发为五音,各治一域,五彩纷呈,演绎出一段"琵琶行"的华彩与高潮,让人领略到当代女性艺术家的超人精力和旺盛活力。

在国乐家圈子里,像她一样的国手虽不多,还能数得出几个,但像她一样集表演、创作、教育、书写于一体而且如此勤奋的人,却数不出几个。对于

吴玉霞演奏琵琶

让琵琶永恒地行走

演奏家来说，耗神费力的演出一旦结束，也就懒得动弹，她却自我加负，放下琵琶，拿起电脑，立刻开始写作，记录每次经历中如果不马上记录就会永远找不回来的感动与体验，记录与自己的艺术生命捆绑一起的乐团日程以及那些事件牵引的生命岁月，有时长篇博客，有时短小微博，日积月累，积铢累寸，竟达二十余万言，源于琵琶、生于琵琶、勤于思考、勤于动手的习惯，越来越表现为记录历史的冲动。

实在说来，艺术家东游西走，上达名都锦城，下及穷乡僻壤，似乎都与文字的历史无关。理论家一直渴望读到来自艺术家自己的心灵记录和艺术解读，但只有他们"在场"的地方，历史终止了。那些非要身临其境才能产生的心态思绪，别人无从感知，幸好终于出现了她这样的人。她自觉地把游走经历记录下来，《我的琵琶行》让人得以窥见一位艺术家的游历世界和内心世界。此书就是解读作者"指尖上的舞蹈"下面的核潜艇，长年累月默默潜航的路程，有了航海日志，让人看到巨大的水下冰山是如何托起冰山一角的。

一本书就是一个人的历程，一个个故事，一桩桩事件，一幕幕场景，连接着岁月，父母、老师、家庭、舞台；亲情、师恩、身份、责任；流畅、平静、含蓄、内敛；娓娓道来，情态横出，打动读者的地方与其说是故事的内容，不如说是讲故事的那种江南丝竹般的清丽方式以及作者总能在细琐中发现美好与善益的眼光，当然，更有与一般人不同却有着关联的看法以及天性依然的女性的透明与温婉。

吴玉霞生于江南，越国山秀，吴门水深，江南文人的气质，就像她的"琵琶语"一样，从文字中总让人感觉得到。一个与音乐毫无关系的普通家庭，自

39

然没有任何与艺术有关的东西,但童心和执着,感动了父母,终于让"草根"四壁添进了超出锅碗瓢勺动静之外的响器,从此,大珠小珠落玉盘。吴玉霞对父母无限感恩,数次提到这件忘不掉的旧事,贫困时代的爱乐折磨中第一次拥有"梨形玉盘"的喜悦以及升级为母亲后的舐子之情,跃然纸上。从琵琶上托出来一位国手的意义上讲,"这块有灵性的木头"真是添得最值的家具!四根琴弦,如同点燃她心灵烈焰的导火索,让她的生命之弦从窃窃私语变为黄钟大吕。梨形玉盘,成为她的"方舟",成为她的"神毯",无序的童年开始走向有序的目标,"琵琶行"启程了。

开始,她并不知道琵琶行将要付出的代价,寂寞漫长的练琴,比赛失败的苦涩,让初学者品到了琵琶行的艰辛。她师从过数位老师,从不同渠道汇聚能量,吸纳睿智,从这个意义上讲,"在他一个人身上有上千个人的生命在燃烧"(列斯科夫语),这也正是古来"师无定法,理无尽藏"的道理。多少年来,演奏家群体在不同的风格中起伏不定,跌宕起伏的审美取向交织着一个艺术群体的困惑与动力,她开始埋头于自己的风格塑造,逐渐开辟新蹊,形成了集南北于一体、刚柔并济的个人风格。人们尊敬一位艺术家是因为她付出超常的努力,你出的汗多,她比你出的汗还多,还有什么能如此明显地把她与别人区分开来?就是这点点滴滴、镂刻人生印痕的苦练与琢磨,让心灵光彩逐渐焕发出来。书中散见的这些段落,写得平白如话,却令人起敬,同时,因其真实而镌刻着所处时空的特有痕迹,赋予了个案叙述以历史的意义。

她游历过无数国度地区,亲临过无数重要演出,合作过无数大师巨匠,面见过无数国家政要。

艺术诉求和顿开茅塞,往往来自弦与弦的对话,心与心的冲撞。与之合作的指挥大师和演奏家有陈燮阳、汤木海、艾森巴赫、刘文金、胡炳旭、马友友、刘明源、闵蕙芬、宋飞等,也面对过联合国秘书长安南、德国总理施罗德、法国总统德斯坦、贝宁总统哈伊。贵游豪俊,高朋国手,国家元首,不仅是一个个鼎鼎大名,而是见识超群、热血沸腾的社会精英和艺术大师,移座切磋,琴瑟和鸣,如同"奇文共赏析,疑义相与析",这类交游就是催发灵光和激赏异质的触点,近距离交流自然不同于屏幕上远视,一如"与君一席谈",比十年寒窗外加弹半辈子琴的效果更明显。

让琵琶永恒地行走

她的"琵琶行"确实是个常人难以企及的辽阔空间,仅仅列举一下让音乐家梦寐以求的世界一流音乐厅就知道对"行者"的意义了:美国"卡耐基音乐厅"、联合国总部大厅、林肯艺术中心、芝加哥交响音乐厅、华盛顿艺术馆、维也纳金色大厅、巴黎"香榭丽舍大剧院"、"摩嘎多剧院"、联合国教科文组织大厅、德国柏林爱乐大厅、荷兰鹿特丹"民俗博物馆"、比利时布鲁塞尔"国家博物馆剧场"、挪威奥斯陆音乐厅、斯塔万格音乐厅、斯托德文化厅、卑尔根格里格音乐厅、希腊卫城"哈罗德"古剧场、日本札幌音乐厅。

这种游历,断非常人所能及,华屋崇宇,绮室锦堂,要求站在舞台上的人必须具备相应的艺术品次以及格调态度。场所决定风格,场所提升品位。场所赋予表演者以庄严和尊严,表演者也须回报场所以光荣。越过"浔阳江头"的多瑙河、伏尔塔瓦河、塞纳河、莱茵河畔的行者之梦,成为艺术家充电的一个个驿馆,如同梅兰芳赴美国、日本、苏联的演出成为其艺术观大变的一个个拐点,游历也不断矫正着吴玉霞的艺术观。正如吴玉霞书中写道,东瀛日本超过百天的常驻,让她彻底领略了一种异质文化。诸如此类的经验以及伴随着东瀛诸岛上霞铺江上、月影横斜的感悟冥想,对艺术家来说至关重要。"不登高山,不知天之高也;不临深谿,不知地之厚也;不闻先王之遗言,不知学问之大也。"(《荀子·劝学篇》)游历、品味、反刍、提升,日久天长,就铺垫出一层底色,滋生出一种气质,表现出来,就不再有囿于一地的偏狭与猥琐。这样的琵琶行,就是阔展胸襟、洞开视野的世界。

如同所有演奏家分配时间的方式一样,吴玉霞的大部分时间花在乐器上,没有精力"破万卷书",却有机会"行千里路"。重要的是,有心人会把"行者无疆"化为形而上层面的财富。现代意义上的游历,已从本土范围的品味山水的古典诗情超然脱出,获得了一种世界范围的文化视野和胸襟以及审视中西差异、比对不同质素的独特视域,那既是生命体验,也是审美体验,更是哲学思考,甚至成为一个国际性艺术家成长过程中必须历经的"成年仪式",如同周游列国、丝绸之路、红军长征获得的精神意义,也如同哥伦布航海和早年欧洲音乐家的巡演,完全超越了经济和行走的意义。不同元素,积淀于一双慧目,就能够转化为一种精神。可以说,吴玉霞提供了一份音乐家成长的地图,梯山历海,阡陌交通,把横向区域,化为纵向精神,实现了双向拓展。她从琵琶行,获得了世界观。

20世纪以来的中国音乐界诞生了一大批在表达形式上贯通中西的大家,"五四"时代产生的综合素养高超的大师大都如此。扎实的国学功底和深厚的西学修养,表现出一种新型素养和精神气质,从刘天华到冼星海,从王光祈到萧友梅。但测评演奏家的指标中,似乎难于观察体现中西兼通的特点,通过文字与乐谱检测的硬指标方式失效。今天,我们可以从吴玉霞的"琵琶行"文本中,看到一个立足本土、连接世界的新型个案:她的手中是中国,她的脚下却是世界;手持中国乐器,脚踏全球疆域;"琵琶语"是中国的,"琵琶行"是世界的!把梨形园径和椭圆地球重叠起来,靠自己的方式,连接中西,打通时空,打通吸纳知识载体的屏障壁垒。通过行,获得知;通过行,获得识;她找到了整合中外、提升功力、历练品性的结合点。她不是靠读书考察世界,而是靠游历感知世界,因其艺术家的敏感,这种感知同样有效,甚至更有效。舞台延至中国,她就成为国家艺术家;舞台延至世界,她就成为国际艺术家。她的舞台已经不分中外,她的声音已经融合时空。这就是现代"琵琶行"的意义,"琵琶行"就是"功夫在诗外"的现身说法,就是"弦外之音""言外之意"透露的文本之外的整合与交融。理论家们惊讶地发现,对于中外交融究竟可否认知与表达、可否交付与掌控于超越文字的某一载体,这类深远命题的解释,竟然从原先几乎从不发言的演奏家那里传来了不可思议的回应。

使吴玉霞精神提升的动力不但来自艺术,还有社会责任。"社会兼职使我们有更多的机会结识精英和参与活动"(《我的琵琶行》159页),作为全国政协委员、全国青联委员、全国妇女代表大会代表、中国音协理事,她在承领不同角色和社会头衔的同时,一并承担了颇费精力的义务和责任。社会职务赋予不再单纯的演奏家以更多责任,坚持传统要义,坚持职业道德,德艺双馨,成为她行为中越来越明确的意识。虽然劳累,却在超强运转中,把"行走"的圆径扩大了不啻数百倍。一个年龄段让人懂得责任不大可能,只有意识到必须独立担当起建构一个领域的引领作用时,责任意识才被唤醒。各种大大小小、长长短短,似乎与业务没关系的会议和活动,使她慢慢体会到艺术家的社会使命,转而走上铁肩担道义之路。改变琵琶艺术的面貌和地位,是靠艺术家"文化自觉"的一系列行动。20世纪以来,艺术家的队伍一轮轮替换,每个时代都产生出一批身为艺术家却兼承社会职务的社会活动家,他们的特殊角色使得传播国家主流价值的声音生动亲切。吴玉霞在各个领域中的杰出活动,使她获得

《指尖上的舞蹈》封面

了音乐界的普遍尊敬。"与人玫瑰,手有余香。"所有付出,都是收获。

数年来,吴玉霞出版了数种教材和一大堆光盘,《指尖上的舞蹈》是一本发行到全国各地并影响琵琶界的乐谱。同一双手,不仅在琵琶上轮动,也在乐谱上舞蹈,演奏创作,更张声气。她创作的《倒影》《律动》《听雨》《暮》《风戏柳》《月夜吟》,把握住了中国人对于点状音响的偏爱,这类大概源于编钟与古琴遗产的声音概念,把异于西方乐器的颗粒型音响发挥到极致。她愿意让旋律回归到20世纪中期的朴素样态,不强调复杂,线条简约,弦语灵动。从文字角度探寻音乐表达往往不直接,概念的屏障挡住了探询艺术家情感世界的目光,从作品直接切入,揭示精神深度,往往有文字难以企及的效应。这些作品让人看到起于青萍之末的成功是如何汇聚起来的。可以说:小光盘,大境界。

2012年8月28日在国家大剧院音乐厅举行的"玉鸣东方——吴玉霞琵琶独奏音乐会"上,她以两支传统乐曲开始,《霸王卸甲》与《春江花月夜》,文曲武曲,各为两翼。她弹的《春江花月夜》,名重当今,让人渐入佳境,"神之听之,尔介景福"。但见她左手一搭,另一只手往弦上一拨,手指一紧,音符、旋律、乐句,清声亮彻,一个接一个蹦出来。《十面埋伏》吴玉霞弹了40年,演出了数百场,灌了数张唱片,那意味着她"杀死了"数百位楚霸王,然后又在《霸王卸甲》中,复活了数百位楚霸王。随后的大型管弦乐队协奏曲《古道随想》(许知俊作曲)和她首演的琵琶协奏曲《春秋》(唐建平作曲),则把当代琵琶艺术的传统与现代概念演绎到极致。

宋代文人黄庭坚论诗时提出"夺胎换骨"说:辞句相同,意思已变,谓之"夺胎";意思不变,换了词句,谓之"换骨"。演奏家对于乐曲的演绎何尝不是如此?乐曲不变,诠释方式全然不同,可谓"夺胎";乐曲虽变,诠释方式依然,可谓"换骨"。对于传统乐曲,前人弹的是《春江花月夜》,吴玉霞弹的也是《春江花月夜》,乐谱相同,精神不同,形相同,神不同。听众耳朵里早已储存了"经典"经验,让"语无剩义"变为"诗无达诂",旧瓶装新酒,赋予时代感,只有靠比前人更精致的细腻和更丰富的变化。对于新创的作品,她又赋予其传统精神,《天鹅》(刘德海作曲)是新作,融合传统与现代,琵琶的独白和乐队晦暗背景的叙述语调,与中国画预留空白和水墨淡迹一样的朦胧与哀涩清绵,都在她的指尖下缓缓流出,这是音乐会中最令灵魂沉静的时段。

吴玉霞有让琵琶于一瞬间爆发惊涛拍岸力度的能力,在斯洛伐克演出前,当地电视台在"国家广电大厅"前厅采访她,大概没有见过琵琶的斯洛伐克电视台的年轻主持人示意展示一下乐器能量。灯光骤然打开,吴玉霞伏在梨盘暗影中的"半遮面",被拍摄灯骤然照亮,她手挥四弦,浑身一抖,银瓶乍泄,声如裂帛。主持人手中的话筒和摄像师手中的摄像机不禁一颤,他们怎么也没料到像"斑鸠琴"大小的梨形玉盘能够如此动地翻天。我也被贯耳一扫深深打动,方才觉到,一位把生命消融在乐器中的演奏家真的可以整个"琵琶化、乐器化",这是千锤百炼、倾情投入、物我两忘的结果。控制乐器到了像控制肢体,自然让共鸣体飞出的颗粒如同雷霆万钧,达到音响测试无以复加的程度。

如果一个人把生命之气贯注到指尖上,这一触点,就是阿基米德撬动世界的杠杆支点,就是牛顿震动世界的苹果落点,就是王羲之书写《兰亭集序》和怀素狂草时运气如虹的笔尖，就是汇入针芥、心血为凝的生命支点！身躯、臂膀、双手、指尖与面板、品项、丝弦、指甲，融为一体，不分彼此，化琴为身，炼丝为发，凝木为躯，通体构成一件乐器，到底是物理之弦还是心灵之弦在颤动，到底是梨形之木还是血肉之躯在鸣放，已经浑然不辨。

让琵琶永恒地行走

梨形玉盘，年年映照她的容颜，一次次音乐会，让琵琶声响像水中波纹一圈圈放射，从南至北，从东到西，从国内到国外，从华堂到草台。一曲弹罢，另一曲又响起，一地弹罢，又一地响起。某种程度上讲，只有怀抱梨形琵琶，吴玉霞才能找回自己感知世界的方式。从琵琶出发，她可以撬动整个世界。琵琶带给她以学识、梦想、荣誉，也带给她以劳累、疲倦、责任，选择这件乐器，就是选择了命运。琵琶深藏着她对自我的认识和人生态度，她用自己的"梨形资源"书写了文化传承、改革开放、文化交流的历程。对于琵琶和行走，她有着非同常人的亲切和思考，坚信中国文化应该也完全能够找到属于自己的艺术表达方式和确立自信的支点。

无疑，吴玉霞是手抱琵琶行走最远的人。

（原载《人民音乐》2010年第11期）

指头的重量

——中阮演奏家魏育茹和她的故事

弹"阮"却不服软

"弱者,你的名字是女人!"这句出自哈姆雷特之口的台词放在莎翁活着的四百年前,大概没人怀疑,但当面对20世纪层出不穷、意志超拔、坚韧果决的杰出女性时,当代人大概都会付之一笑。社会领域、思想领域、科技领域、教育领域、政治领域,巾帼英雄,层出不穷,艺术领域,更是星光灿烂。不满足于半边天甚至一手遮天而且某种程度上已经"阴盛阳衰"的表演界,男女地位,倒转乾坤。如果把莎翁名言排名第一的"生存还是死亡,这是个问题"与此话合二为一,似乎应该说:"弱者还是强者,这是个问题!"

中央民族乐团女性排行榜上站在前排的,魏育茹是佼佼者。指飞如梭的技术,坚定不移的意志,干练敏捷的行事,使她成为乐团史上第一位女队长。不但在男性占统治地位的弹拨组中出手不凡,而且在管理领域大展身手。于是,中层干部的一片黑色西装中,闪现出一袭抢眼的亮色罗裙;密密麻麻的黑色男鞋中,突显出略高一等的红色高跟。

如大部分下了班照样当家庭主妇的人一样,魏育茹也要为人女、为人妻、为人母。照顾已届九旬的母亲,关爱体贴老公,给儿子洗衣做饭,一点不少于常人。以贤妻良母为楷模的传统女性,绝不会因为职务把性别属性撇在一边,从"孝女、贤妻、慈母"身份中抽离出来仅仅做一名"称职"队长。除了女性承担的"天职",队长自然要多加几倍负担。看看那些日复一日"摁下葫芦起来瓢"的杂事儿,就知道要付出的代价。然而,队长做事有条不紊,放下阮弦,跑前跑后;回来后,紧紧弦,跟上拍,融入声部,若无其事一般。她每天都要在台前台后"紧紧弦"。当然,行政管理一点不能耽误演出。2011年《艰难辉煌》音乐会,临时决定上演丝弦五重奏《映山红》,别看重奏组都是年轻人,反倒是她先背下谱子,这让身边的人不敢怠慢。

指头的重量

"演奏员只管自己,队长要管乐队。"她说:"对我来说,史无前例,这是人生的又一次挑战。"2011年,她出任队长,"自己管自己"的秩序彻底打乱。她继续道:

> 乐队的人不好管,有些人说句话,能把人顶得一愣一愣的。这个人没来,没记录;另一个人没来,记录了,立马引发矛盾。丁点的事儿,没顾到,就会不平衡。所以,必须防微杜渐,把隐患消灭于萌芽。澳门中乐团的人说:"队长是个杂工头。"我感同身受。有时候恨不得穿上滑轮鞋,马不停蹄。一边活动着手指头,一边与人讨论晚上的演出服。演出时乐手的屁股要半搭在椅子沿上,这种让人不舒服的姿势,以什么度为宜,都要一点点教新手。新乐务刚接手,每样工作都要交代,哪句话没说到,都可能出意外。有时候,胡萝卜大棒子一起来。

按照条例,义严理到。于是,人们看到女队长对请假者"一视同仁",任何抗辩无济于事。她当然不想做个"铁娘子",对所有人,待之以礼。然而,她会用一种异于男性的命令方式,处理棘手问题,以女性情怀,将烦事难事延伸到维系团体精神的人性维度上。死命令只体现管理技术的一半特质,她终究还是加上了女性特质,让人易于接受。此时此刻,性别在管理上隐退为一种温情,一种与人为善、触发互通的情怀。一个心灵与一个心灵真诚相待,自然产生感染力。

易中天的博客上写"世界是女人的"。战争、污染、核泄漏、能源危机等,谁干的?十有八九是野心勃勃的排他性动物男人干的。恩格斯在《家庭、私有制和国家的起源》中描述了"雄性的嫉妒"对"共居生活的群"产生的破坏性。女人当家,"管理"而不"统治",要的不是权力,而是安排和安顿。母爱是一种天良,最具牺牲精神和奉献精神。从孩子嘴里夺食,不是女人天性,不会对"子民"赶尽杀绝。

读了这段话,才悟到女性的"管理技术"与男性的不同。男女两性在整个社会性别机制中都程度不同地受到了有形与无形的规训。众多女性以温情之手图染世界,以情感滋润彰显力量。她们做了许多既看不见也不易被看见,既听不见也不易被听见的琐事,就像一条光滑的鱼,在男人身边游来游去,既让大老爷们儿感到舒服又觉察不出束缚,该办的事,就这么着让大老爷们归顺了。这种能力,让东方女性尽显才干,因此也获得了美誉和美丽。

阮弦的神色

2010年1月28日,中央民族乐团到比利时与荷兰交界的荷赛特演出。那是个不大的社区,居民有五万多,相当于中国大一点的村镇。"荷赛特文化中心"有个八百多座位的现代剧场,孤零零地坐落于一片空旷场地,除了停车场,四野平畴,异常清冷。晚出觅食,竟无一家餐厅。剧场外贴着演出广告,却似乎无人关注。大厅里几个读报老人的惊异目光,让人感到完全不知道出现这么多东方面孔意味着什么。第一次跟乐团出国,不知道是否有观众来,也不知道外国观众是否认同中国音乐,煎熬中度过了忧心忡忡的傍晚。然而,出人意料,刚到19:00,一下子冒出来的观众挤满了音乐厅。当地人还是进行了有效宣传与组织,大部分居民积极参与了社区活动。当《卡门组曲》响起时,阮声部整齐地像刀切黄瓜一样,一排排码过来,以相同节拍

魏育茹舞台独奏演出照

等待旋律上场。主旋律昂然挺进,像撒在沙拉上的浇汁。台下鸦雀无声,我的忧虑已显得多余。

第一次现场听中阮协奏曲《云南回忆》。魏育茹矗立台中,双目微凝,轻拨琴弦。一瞬间,她手如飞梭,势如霹雳,一排排从未以如此力度和方式划过的扫弦,如雷霆万钧,让人瞠目。大段的同音反复,如滚滚春雷,扫过大厅。高度器乐化的旋律,高吟长咏,中节可听。演奏家此刻就是肩扛"中国"大名的人,她的深刻就是中国的深刻,她的琴弦就是中国之弦,她发出的响声就是中国的呐喊。魏育茹不负众望,鼓之以雷霆,润之以风雨,让清爽的小弦更加清爽,让深沉的大弦更加深沉,让本该碰不到一起的四根弦碰到了一起,爆裂出贯耳雷鸣。音符密集闪现,一簇簇,一蓬蓬,让观众沉浸于碧水山岚的云南。

1月29日,乐团在"欧盟首都"布鲁塞尔"国家展览馆剧场"举行音乐会,沉浸于"欧罗巴利亚艺术节"氛围中的剧场,迎来了爆满的观众。作为欧洲最有影响力的主流艺术节,中国奉献了450余项活动,从2009年10月8日持续到2010年2月14日,连续不断。中央民族乐团的音乐会就是其中的重要项目之一。比利时首相范龙佩于2010年第一天坐上了"欧盟主席"的交椅,乐团奉献的音乐会,多少有点给主人"道喜"的意味。

荷兰学者高文厚(Franck)与施聂姐(Antoinet Schimmelpeninck)夫妇,从运河纵横的荷兰莱顿开了两个小时的车赶来观看,算起来,来回要四个小时。他们是音乐会策划人,受"欧罗巴利亚艺术节"组委会委派,到中国挑选节目。奇怪的是,两位音乐学家没有按我们想象选择经典古曲,而是选择了相当数量的现代作品,包括刘星的中阮协奏曲

《云南回忆》,谭盾的二胡《火祭》。一直怀疑欧洲人接受中国现代作品的能力,如此多连中国人都不愿意听的曲目,他们是否能接受?然而,作品的受欢迎程度超出预料,难怪懂得中国现代音乐的高文厚热心推介。听众见我是中国面孔,伸出大拇指,表示认同。

埋头与昂首

如果说魏育茹担任队长是人生中接受的第二次挑战,那么第一次挑战就是接受《云南回忆》这支协奏曲。从某种程度上说,这首乐曲改变了阮族乐器的地位,也改变了她的地位。从此,脱胎换骨,走进新境。

阮在20世纪的器乐中处境尴尬,既少不了它,也显不出它,独奏领地失声,永远埋没于乐队,皆因没有一部令人称道的作品撑得起人们愿意交付的那份心灵重托。1600年前,竹林中的阮咸,抱着阮,弹出愤世嫉俗的音调,"竹林"为之哗然。然而,阮慢慢变成一碗温吞水,再也激不起惊世骇俗的波澜。直到《云南回忆》出现,"关东大汉抱铜琵琶弹大江东去"的气魄,才又一次回到了不宽的指板上。从此,被人遗忘的乐器,放开手脚,施展出憋了一千多年的抱负。一个如同魏晋一样的特定时代,让心灵伤痕累累,谁能写出打动人心的乐句,释放忧愤与激情,谁就能获得登高一呼的瞩目。谁来拨动沉重的心弦?缓解积郁——那种仲尼困卫、屈原投江、孙子膑足、不韦迁蜀、司马迁舐笔的郁闷!当代人不再满足于五声旋律的浅白,需要"为我一挥手,如听万壑松"的雷鸣巨响。整整一个时代,整整一代人,满腔积愤,难以自诉,需要发愤倾诉以自遣。一个领域若没有出现改写整体状况的作品就是悲哀，就不会惹人瞩目。历史呼唤一个人，在一件乐器上，用一个作品，承担群体的重托。总要有人站出来，为一件谁也瞧不上眼的乐器做点什么，而且，最好做得惊天动地，石破天惊。

于是，一个年轻人走了过来，抱起了寂寞的中阮，让憋了十年的郁积，一泻千里。这个人叫刘星，那年25岁。

1987年，籍籍无名的刘星，找到时任中央民族乐团指挥的同学阎惠昌，希望排演自己的新作。于是，乐团所有弹阮的成员，都收到一份乐谱，但没人愿意把这首看上去就怵头、三个乐章加起来20分钟的协奏曲练下来。所有人都是第一次看到篇幅这么长、技巧这么难、编配这么复杂的谱子，大量非常规性的过弦和蹩手蹩脚的和弦，难度几乎被认为是不可超越，就像柴可夫斯基的钢琴协奏曲刚刚写出来被钢琴家们认为不可能演奏一样。最后，只有张鑫华和魏育茹啃了下来。那年魏育茹26岁。

从这件事情上，不难发现魏育茹性格中潜藏的骨气。一个人成功与否，根本在于她与生活提供机会时保持的距离。把那摞"花里胡哨"的谱子撩到一边，安安稳稳享清闲，独奏舞台上的就绝不是她，站在队长位置上的也绝不是她。知难而进，越战越勇，让她采取了勇者希望看到的选择。性格是决定一个人最终能否出人头地的重要因素。与逃离现场者逆流而上，畏惧就意味着失去舞台，失去舞台就意味着失去美好人生。虽然知道独奏的机会不会马上轮到自己，但她积极备战，毅然前行，迎接挑战，由此，一次次呈现出生命的灿烂，并把精神苦役，换为蓄势后发的光霞。

刘星抱着中阮协奏曲《云南回忆》，势如乳虎，突显神威,一步跨入主流,成为人性触底反弹的典型事例,彰显出"新潮乐派"的崭新姿态。一时间,人们不敢相信,阮怎么可以弹出这样的动静,彰显这样的技术,搁扫这样的和弦。里程碑式的作品让一批演奏家借势而出。《云南回忆》的第一张唱片,由魏育茹录音(广州中国唱片公司出版发行)。1990年,魏育茹到新加坡,独奏了同样令海外华人震惊的协奏曲。后来刘星又写了《孤芳自赏》,她也迎接挑战,弹了下来。

《云南回忆》的悲情叙述,乍一听,就有揭示青春岁月苦涩的意味,没走过那段历史的人,绝对弹不出这份悲郁。不妨把魏育茹的演奏看作是一位演奏家与一位作曲家的心灵密语,律动暗合了同代人的相同心律,相互领悟。作曲家的手搔到了演奏家的心,演奏家的手释放了作曲家的痛。其中更有女性积郁心头、难以言喻、吞下压迫的体认。《云南回忆》让人看到一位作曲家、一件乐器、一代演奏家的成熟。按照常情常理理解作曲家不行,按照常情常理理解演奏家也不行,因为作品诞生于特定时空,演奏也诞生于特定环境。这张专辑,无论是曲风还是演奏,都很难再有突破。

魏育茹是满族人,满眼清王朝电视剧的当下,免不了让人寻问一下血统里的"八旗"味。其实,血统早已不复存在,但她弹起阮来,的确让人感到骨子里的那份高贵。这自然不是"血统",而是"道统"。

有根心弦无法触摸

魏育茹从小在家学琵琶,十一二岁时开始参加北京市少年宫的合奏与演出,练琴代替了同龄人应有的正常生活。1976年,16岁的魏育茹加入北京

燃烧的琴弦

魏育茹在鄂尔多斯

军区六十五军,在"宣传队"弹了四年琵琶。调入中央民族乐团后,因为不缺琵琶,转行弹中阮。

1996年成立的"华韵九芳",令当年的业界刮目,对于魏育茹的艺术成熟来说,也是不可多得的机会。那支由宋飞、吴玉霞、魏育茹、曾昭斌(曾格格)、姜克美、李玲玲、林玲、高华、黄桂芳组成的室内乐组合,是改革开放后第一抹女性世界中的抢眼亮色。"九芳"个个都是民乐界精英,除了出国的,今天几乎都走上了领导岗位。由王范地和田青做艺术指导的小组,在民乐界做出了示范性探索,既突破了大乐队模式,也不同于传统的民间组合,走出了既符合国乐的传统组合,也体现现代意识从而被称为"第三种模式"的新道路。从某种程度上说,它为后来的"女子十二乐坊"等"新民乐"的各种组合首开先河。魏育茹赶上了好时代,九双玉手,犹如花瓣,共同织成一朵国色天香,并因此受益良多,手遗余香。

一件乐器演奏者,一个艺术执行人,据统计表明,要使技能运驾裕如,练习时间必须超过一万小时,一首十几分钟长度的协奏曲,要追加这个时间量的上万倍才可能。所谓"台上一分钟,台下十年功",就是这个道理。这个时间量,相当于每天三小时,共计十年。如同一个球一个球地练了十年才能登堂入室的乒乓球运动员,功夫是一拍子一拍子挥出来的,只是用球计算的锻炼数得出来,乐器上的反反复复,无法计量。我们无法听到一位音乐家对时光飞逝的惋叹,却在她那双指头的重量中,感受到岁月的叠加。

倘若时间回到下决心选择人生道路的原点,天天抱怨的人,保不住还会做出同样抉择。"苟余心之所善兮,虽九死其犹未悔。"积累越深厚,视野越高远，每次面对新谱，都会在按下指头的重复中，留下决不重复的体验。只有无数次把指尖上冰冷的麻木，变为热乎乎、烫滚滚的得心应手，才能变成恩格斯赞美的小提琴家帕赫尼尼的手，键盘魔王李斯特的手，钢琴家霍洛维兹的手，二胡艺术家闵慧芬的手，琵琶大师刘德海的手。烧火打铁，到了火候，才能炉火纯青。

1989年，魏育茹荣获"十三届世界青年联欢节"金奖及最高荣誉证书，1995年获中国民族器乐独奏大赛二等奖。1998年，成功举办了第一场个人音乐会，那也是中阮界的第一场个人音乐会。北京音乐台在"华夏雅乐"栏目中做了专题介绍，中央电视台、北京电视台在"梦里情怀""说演弹唱""今日女性""半边天"等栏目，都对她进行了专访，大量媒体对于中阮界的新秀，都不吝赞扬。

成功是一点点积累的，一夜成名的天方夜谭不会有，大部分年轻人没有机会独奏。乐团演出了多少场《云南回忆》，甚至让外借学生来独奏也没有排上她。在自己供职的乐团听别人独奏，心头即觉一阵阵滚烫，很有些听不下去。她躲进厕所，泪水喷涌。女人不愿让人看到眼泪，偷偷在没人的地方大哭一场，宣泄委屈。然而，就是那些晚上激励了她，一定要实现自己的人生价值，用一种公众认同的方式证实自己。终于，她变成一个赢的人。由此，也从管理上知道："压着年轻人不让上台，是件多么不该的事。"

2009年12月，她终于迎来了在国家大剧院音乐厅独奏《云南回忆》的一天。那晚，第一次听母亲在国家音乐厅独奏的儿子坐在台下，屏气凝神，理解妈妈的儿子比妈妈还紧张。他手里攥着一块巧克力，一曲终了，巧克力化为手里的一团黏糊糊的甜饼。母子心灵沟通,让魏育茹体会到做母亲的安慰。千古不变的人性光辉,链接着台上台下。从某种程度上说,这件事比起在国家大剧院独奏来还让魏育茹开心。

魏育茹说:

我一生最大的遗憾是没有上大学,因为很小就当了文艺兵。2003至2005年,到北大艺术系读研究生班,每门课考试都达到八十分以上。捧着一大本书,天天背,知识产权课考了九十多分。另外,我还到中央党校国家机关分校就读半年。人到了这种年龄,才知道知识的重要。

原来一心苦苦追求技巧高超,技术上较劲儿。年轻时不知道自己要什么,也不知道观众要什么。现在体会到,用心来弹琴,把情感放到第一位,才是艺术家应该有的真正追求。近七十高龄的闵慧芬对我说:"现在我已经完全超脱了技术追求,就是要唱出心灵的歌。"我理解她的话,那种至高无上的境界才是最打动人的。经历过苦难,知道了音乐到底是什么。经常与像闵慧芬这样的大师对话,使人找到了目标。与陈燮阳、才旦卓玛、闵慧芬这些从小仰视的艺术家同台演出,同桌吃饭,人生如此,夫复何求?

让我敬佩的指挥是汤沐海。他到乐团来不多,一次是去希腊演出,一次是录音。他处理音乐的细腻与层次,令人难忘。2012年,张国勇来排练,整整一个周末之夜,没人觉得累。乐队异常安静,享受排练过程。阎惠昌的排练也让人身心愉悦。这些都是少有的美好经历,一年中仅有不多几次既提高业务水平、又享受音乐的机会。我是幸运的，参与过阿巴多的排练，不但排练几个小时，还听他聊了几个小时。

魏育茹到香港时，"香港中乐团"弹阮的阮仕春送了她一把自己做的柳琴和中阮，琴面镶嵌着猫眼和翠玉。阮仕春说："会弹的人买不起，买得起的人弹不好。"制作者不在乎象征着富贵的装饰值多少钱，只想把最好的作品交到一流演奏家手中。"香港龙吟唱片公司"的老板谭耀宗为魏育茹灌制唱片，也是舍本投入，不计得失。这些交往，让她感动：

> 我感恩帮助过我的人，也愿意帮助后来的人，甚至原来有过不愉快经历的人。上帝对我很公平，给了我一个幸福家庭，疼我的老公，无障碍交流的儿子。我的做事方式，就是积善积德，多做好事，自然会有好报。作为队长，怎样让大家听你的，其实很简单：以身作则，积德行善。

她叙述这类细节时，可以感受到她的心境。安之若素，望之若素，淡之若素，不急不躁。音乐的终极追求，是自身携带的无以复加、不可重复的情感体验，终极价值与个体生命的关系，无论是表演还是二度创作，甚至是荣誉都应在此面前欠身回避，遑论掌声鲜花等身外之物。这些才是一位艺术家巨大精神付出换来的真实。

余语：阮弦又冷又芬芳

阮是一件埋藏于乐队、音响平和的乐器，不是音乐圈里的人甚至不怎么能叫得出名字来，与个性突出的琵琶和外形差不多的柳琴分不出个家来。这件20世纪80年代前无人瞩目的乐器，自然也没有令人瞩目的演奏家。然而，一首乐曲让历史悠久的乐器重新进入视野，把乐曲阐释得淋漓尽致的演奏家，也因此重新进入视野。

与其宏观地说魏育茹赶上了改革开放的好时代，不如具体地说赶上了一个器乐品种成熟的时代，赶上了随着乐器翻身而翻身的时代。时代演进、历史变革和社会转型，往往会出现决定一件乐器命运的重大事件。20世纪80年代，整个社会的创作力不可遏制地涌现，作为一名"文革"后工作且随改革开放成长起来的演奏家，她幸运地置身于文化转型的大环境，亲历了手中乐器从默默无闻到突进前台的过程。

经历过20年的计划经济、30年的市场经济的魏育茹，对不同时空下的生活状况和文化状况以及"文化走出去"落到实处的一系列活动，都有切身体会。30年前，出国还不像现在一样容易，及时接触外面的世界，带给了她以不同的体验和开阔的视野，使之赶上了时代步伐而没有落伍。个人命运总以各种方式同历史发展和社会进步联系一起，游走世界因而一张嘴就能说出非同寻常的见解，显示出她的世界眼光和及时跟进的胸襟。

女性是20世纪的宠儿，自打"五四"时代松绑以来，她们在第一时间登台，没有半点迟疑。男人群居的乐团，女人没有特例，要面对同样困境，必须在同一时间与男同行一样站在同一条起跑线上，甚至那些比男性永远大一圈的旅行箱就意味着她们的负担永远要重一圈。这些负担，集体考验着女性承载的重量和强度。作为管理者，魏育茹是在处理群体关系与个体关系之间"带着镣铐舞蹈"的人，与一群热爱乐团声誉的音乐家共同支撑集体的底气。这个位置,恐怕也只有特殊经历的中年人才敢放胆一试。

2012年6月,乐团赴长春完成"高雅艺术进大学"任务,邀约魏育茹述谈,看着她沉浸于回忆、时而兴奋时而落泪的激动与沉默,我感受着一个个体生命的沉浮。如果将一个从来没有自我解析的女音乐家的生活拆成几半,三分之一是日常生活,三分之一是艺术生活,三分之一是"穆桂英挂帅统三军"。多线组合,齐头并进。我隐隐感觉,找到了正面书写三分之一的主线,并将另外三分之二处理安排的副线,以便让人看到一个艺术家、一位家庭主妇和一位院团管理者的完整剪影。来自不同角色叠加一身的重量,都汇集指尖,让流淌的音符,重若千钧。

(原载《中国艺术时空》2013年第5期,《锦瑟》2014年第3辑)

高悬的指挥棒

——指挥家何建国侧记

何建国剧照

2011 年对于中央民族乐团来说是个翻天覆地的年头，对于何建国来说也是个翻天覆地的年头。他把敲了几十年的鼓槌，撂到定音鼓上，走上了指挥台，拿起了指挥棒。从指挥台对面的定音鼓后走到定音鼓对面的指挥台前，他走了整整 30 年。一步换位，犹如天壤，生命的意义被重新定义。要说指挥与乐手的最大区别，大概就是：指挥每做一个动作都会有人关注，而乐手做很多动作也没人关注。从打击乐声部首席到乐队队长，从乐队队长到乐队指挥,"三级跳"让他获得了全团瞩目。因为指挥棒建构着人们心中一个团体的声音,所以从被人指挥到指挥别人,称得上天翻地覆。

外人看来,两个位置,毫无联系,一个人怎么会一步跨到对面?其实,变化来自日积月累,寸积尺进,从量变到质变。世界上没有一步登天的事儿!没有几十年的乐队生涯,没有常年的有心记忆,即使什么人有一天真的把指挥棒送到你手里,无准备者也不敢接过来、举起来,更甭说举重若轻。

说起来,好像事出偶然。2011年1月,乐团在广东大学城演出,一位大学校长看到节目单后问席强团长:"为什么没有民乐经典《二泉映月》?"席团长当即表示加入,但外借指挥却因未提前排练而面露难色。于是,团长让队长临危受命。虽然未加排练,但经验与积淀,显露光彩。以前,他也许会忘记给自己带上谱子,但从未忘记心中的谱子。经典作品,旋律和声,天长日久,穿肠过肚,是一份深入骨髓、不会遗忘的积淀。音响一出,谱表就在脑海里了。这就叫"心里有谱"。一曲奏罢,乐队成员起立鼓掌。接下来的深圳、中山、苏州巡演,顺理成章,继续由他指挥《二泉映月》。

一周后,乐团在最寒冷的季节到了最寒冷的地方鄂尔多斯,20日晚在"铁牛(国航)大酒店"宴会厅演出"2011亿利资源新春感恩音乐会"。就在这一天,何建国的音乐生涯发生了"由一小步成为一大步"的跃迁。似乎又是偶然,计划突变,主办者要求加演一场,而指挥已经定好返京机票。席团长拿着整场音乐会的总谱找到何建国,此时离开场只有几小时。他没有犹豫,跳上指挥台。排练时,面对他的严肃和陶醉表情,曾坐在一个乐池中的团员忍不住嗤嗤发笑,大家怀疑:《二泉映月》人人背得过,整场没排练的音乐会还能应付得下来? 然而,大家发现,他很较真儿。尤其他指挥的《我的祖国》超出大家想象,整体节奏恰到好处,音响光彩效果异常。

又一个机会从天而降,国家大剧院专场音乐会《红妆国乐》,特约指挥因故不能履约,席团长让他再次执棒。"这一决定忙坏了裁缝",直到此时,何建国还没有一套正式的指挥服。三天排练,他把具有相当难度的《图兰朵》组曲搬上了舞台。

自打被充分肯定的一连串"突发事件",何建国一发而不可止,横下一条心,横下整个身,日月升沉,一如既往。"春风得意马蹄疾,一朝看尽长安花。"《红妆国乐》《中国音色》《喜上弦梢》《声漫华表》《经典力量》《华韵金秋》《音乐盛典》《贺岁绿城》《雪打琴面》《梵呗之音》等,一场场不同曲目的音乐会,让他发挥了埋没30年的才华。国家大剧院成了他开辟新疆场的辽阔草原。

短短一年时间,积累了逾百首作品。如果视前辈那一批批善感而有力的作品不仅是一份被保留的文献,而要在新一轮音响中重现并赋予新生命,就要试着抛开老套解释,尝试更合适的阐释途径。许多作品的重演中,他尝试新的韵律模式。当乐队队员熟透了的作品迸发新音响时,大家对他刮目相看。

2011年8月,中央民族乐团赴欧洲巡演,在莫扎特和卡拉扬的故乡奥地利萨尔斯堡,何建国第一次面对外国观众,举起了被视为卡拉扬"金箍棒"的指挥棒。我们不知道他此时此刻是否有点眩晕,但在瞻仰位于萨尔斯堡河畔的卡拉扬故居时,他的确有点动情。卡拉扬的老宅位于桥头,指挥大师让理性的光芒照耀世界,童年的卡拉扬面对萨尔斯堡河中的一片蔚蓝时,曾做过怎样的指挥梦?何建国矗立桥头,遥望从城市每个角度都能看到的高高在上的古老城堡,让河床上飘拂的爽风吹开衣襟。从学习音乐到走向指挥的从艺道路,或许如奔来眼底、逝者如斯的河水,让30年来的往事异常清晰地呈现眼前。

在中国,出生于"文革"前和"文革"后,对了解一个人来说具有划分代际的意义,这不但意味着政治上、艺术上的成熟度,而且意味着人生阅历是否经历过捶打以及抵御抗压的坚实度。何建国出生于"大跃进"时代的重庆,面对长江与嘉陵江的交汇处,度过了求知欲强烈、伴随着探求与困惑的童年。家境贫寒,为了每学期三块钱的学费,何建国在长江边做背鹅卵石的苦力活。9岁时,懵懵懂懂的音乐求知欲开始变成实际行动。一个连吃饭都成问题的家里当然找不到乐器,他将厨房竹筒锯下来,用父亲找到的两张蛇皮自制成二胡。人生的第一支歌就从这件世界上最简陋的乐器上唱出来了。当然,为了交学费,还要到教胡琴的老师家生炉子,以工代酬。在"文革"抄家时捡到的一本残缺不全的缪天瑞编著的《基本乐理知识》,成为音乐基础知识的启蒙教材。11岁时,他在当铺买了一把笙,有意思的是,笙上刻着"中央民族乐团"几个字,这件不知怎么流落到重庆的乐器或许就是未来命运的召唤,于是他第一次知道了这个将来投身于此的艺术团体。另一个启示也有几分神秘,在一本残缺不全的"封资修"读物中第一次读到了莫扎特的故事,这成了何建国知道的第一位外国音乐家的名字。或许,这个出现在少年时代脑海中的名字就是中年之后站在萨尔斯堡久久伫立的原因。毋庸置疑,那份站在萨尔斯堡河畔让他目光难移的沉重思绪,源自站在长江滩头的少年梦境。

两件材料廉价的乐器,竟然成为贫苦家庭中的孩子开始养活自己的第一个生活支点。高中时,何建国在报名的最后一天考上了四川省歌舞团,从此走向职业音乐家的生活。"文革"演"样板戏",要求一专多能,除了吹笙,他还学会了整套打击乐。瞬间征服灵魂的音乐,救了那个时代许多无所事事、游手好闲的少年,为他在"文革"结束后成为跨入中央音乐学院第一代大学生做了知识准备。当他于1987年从"陪都"走进"首都",正赶上京城里发生的思想解放的大变革。在人生关键的成长期,他遇到了一群在中国音乐史上树起了一座座丰碑的出类拔萃的同学。

入校后的第二个月,喜欢打击乐的何建国找到李真贵教授,提出学习打击乐的要求,半年后,李老师同意他从笙专业转入自己门下。大一时,何建国用两周时间修毕了四门课程。当时学院取消旧的专业界限,在民乐系开设了前所未有的学科:对位、复调、和声、赋格,这为他日后的改编创作铺平了道路。20世纪80年代初,是一群即将主宰乐坛的年轻人风华正茂、心无旁骛的年代,他每天睁开眼最想做的事就是于洗漱完毕后第一时间冲进琴房,翻开琴盖,打开琴谱,接着昨天的难点,挥汗如雨。此时此刻,整个世界消失了,整个世界出现了。这不但是何建国每天最想做的事,而且是每分每秒都最想做的事。如果一天下来再能吃上一顿麻辣烫,那简直就是天堂了。

很大程度上,20世纪80年代以来年轻学子的崛起源于"文革"的压抑和扭曲,缘于压抑造成的生命能量的聚集和狂泄。变革的故事发生在"新潮"乐派主流人物毕业的当口。倏盛倏衰的中国乐坛,刚才还秩序井然、改朝更代、情浓意眷的挽歌余声未熄,突然迸发出一堆炸耳的音块,他们把键盘上隔着键弹出的和弦变为不隔键一块按下去的和音。人们一时还弄不明白,被作为一个群体称为"新潮乐派"的毛头小伙子是从哪里冒出来的。他们的到来让人觉得,音乐界几十年发生的一切都是为了迎接他们的到来而做的铺垫:左一个清规,右一个戒律,只是为了让他们去突破才设定;教条章法只是为了显示一下他们的臂力、矫枉过正才竖立起来;软声细语的格调只是为了突出他们的力度才标定出弱奏符号。他们来得猝不及防,又顺理成章。历史学家的现有词库全部作废,需要重构编组,才能解释其行为与作品。

1984 年 6 月,何建国首创中西组合打击乐方式,演出了周龙创作的《中鼓乐三折》,并于 1986 年 5 月第一次把瞿小松创作的中国第一部打击乐协奏曲搬上舞台。1996 年 5 月又参演张小夫作曲的《组合打击乐与电子音乐》,开创了打击乐组合大型作品的新形式,开启了古老的打击乐表演的新时代。每场由新语言构成的音乐会,来宾云集,何建国一显身手,敲出了一片震动乐坛、密集如雨的新鼓点,可谓"羯鼓声高众乐停"。他把古今中外的打击乐器搬到一个台上,让大大小小、方方圆圆、长长短短、不同形制的打击乐器,像个新组建的兵团,轰然敲出一堆结结实实、充满力度、斗志昂扬的节奏。"头如青山峰,手如白雨点。"带着不协和音响、不安分律动、不合群音色,一股脑涌出乐池。像宁静的只飘着窃窃私语的餐厅闯进一位大汉摔盘掼碗一样,繁管急弦,嘈嘈切切,一下子吸引了听众。节奏曙光,令人炫目,听众席大乱。个人的生命力与志同道合者的激情,一起融入大潮。

高悬的指挥棒

中国打击乐本来就是平民化的艺术,由于新一代人的努力,这种艺术不但继续发扬了一贯的平民精神,还注入了年轻知识群体的急切思考。1999年,何建国的打击乐技术进入鼎盛时期,跨入德国柏林交响乐团音乐厅担任打击乐独奏,为此,中国国际广播电台对他进行专访,介绍其在打击乐领域的成就。命运之神就这样端着一杯美酒送到了何建国的唇边,业界地位从此奠定。这一步好像来得太迟,但他成熟得一点不晚。

1982年毕业后,他进入中央民族乐团,从此再没有离开。1994年,何建国受台湾"文化建设委员会"和台湾省交响乐团邀请,成为第一位进入台湾工作一年的音乐家。从台南到台北,游遍宝岛,他不但参加了120多场音乐会,还举办了独奏音乐会和教学音乐会。其实,他第一次站在指挥台上是在台湾。当时正想举办一场打击乐音乐会,委约作品是唐建平以"偶然音乐"技术创作的现代派打击乐作品《龙抬头》,但留美归来的指挥拿到总谱后,表示无法指挥。乐团征求何建国意见,决定由其担任指挥。

这段经历,非同寻常。台湾交响乐团的管理体制和不断排练的大量作品,无论在思维方式还是在艺术触面上,都给予他以强烈震动。每个有心的艺术家都是从"偷艺"中积累本事的,面临的所有著名指挥家都潜移默化地影响了他。定音鼓的正面出现了越来越多的面孔:汤木海、阿巴多、陈燮阳、陈澄雄等,他看到了观众看不到的杰出指挥家的技术。受人指挥的经历自然是指挥别人的前奏。

他在一个个体生命超量吸纳新知识、最需要看到异域世界的时候看到了世界,最该接触新声响的时代接触了新音响,这些积淀必然在以后的艺术实践中显现出来。世界已经进入了如此深刻的变革时代,不同地区不再相隔几个月的船期,世界变得没有距离,昔日对立的两岸,演奏同一乐曲,他身入其中,体会到"和而不同",也从中一见同中有异的新鲜。

  凡是离开大陆生活过一段时间的人,特别是那些经历过"文革"总被强制用非黑即白的方式解析世界的人,"他者"的表述方式及其背后渗透的观念,自然使他逐渐摆脱固定狭小、唯我独尊的立场,拓展观察世界的视野,学着以不同角度理解音乐以及相关事物。

  这段经历的意义就在于此,也是我们试图解读何建国的途径之一。这样的叙述,应该包含了我们对30年来中国音乐人生活要素的至深理解。这是改革开放以来一位走进世界天地的艺术家的典型经历,不是后人的演绎,是原本生活中呈现的一种人生活法。只有将一个人嵌入时代语境,才能理解他的艺术。他乡的孤独和付出的精神苦役,代价当然不一定都是苦涩。

  回到北京后,何建国开始跟著名指挥家徐新教授学习。起初,徐教授并不愿意教"半路出家"的何建国,但作为第一批赴苏联专家班学习的学员,为了感谢苏联恩师(莫斯科交响乐团指挥也是定音鼓出身),决定收下这位执着的学生。用徐教授的话说:"一个学定音鼓的指挥家将指挥棒交给我,我再把指挥棒交给这个学习定音鼓出身的未来指挥家。"三年的学习,让他达到了新的起点。专业之外,再添一技,渴望双翼齐动的年轻人,没有只把眼睛盯着鼓面。

  何建国的艺术实践当然不止于打击乐和指挥,把西方经典改编为民族管弦乐就是自我加负的任务之一。他配器的得意之作是歌剧《乡村骑士间奏曲》,这是所有歌剧插曲中最深沉的一首。他用坦白的实用主义证实了自己对民族管弦乐的理解和支配能力。从 80 年代初开始,他一直没有放弃独立音乐制作人的工作,参与了《红太阳》等大量流行音乐的制作过程,这使他有机会研读了众多作曲家的总谱。近年来,他定下心来重新钻研民族乐队配器法,琢磨音色的调配和音量比例,注重把书本上的知识化为适合民族管弦乐的配器技术。《乡村骑士间奏曲》健康娩出,适度的力度、适度的音区展示了民族管弦乐表现性能最佳的一面。乐队组合真是奇怪,不同排列可以分出高雅低俗,分辨瞬间完成。配器法并非要创造绝技,而是要把符合老百姓口味的经典重现光辉。他得天独厚,站在一条"不公平"的起跑线上,身边拥有一支国家乐团,指挥棒指向哪儿,音符就从哪儿响起,谁能比呀!实践和实验,成就了乐团,也成就了他。虽然没有多少可以凭借、借鉴的民族管弦乐配器法,但他善于

高悬的指挥棒

何建国在国家大剧院音乐厅指挥民乐版钢琴协奏曲《黄河》

总结，勤于实践，把配器法建立在成功率很高的起跑线上。成功来自身边的乐团。艺术上有不少这样的创造，艺术就是这样创造的。

  何建国坚持把民族管弦乐团版的钢琴协奏曲《黄河》、小提琴协奏曲《梁山伯与祝英台》搬上舞台，两个节目都产生了意料中的效果。如同《红色娘子军》把芭蕾舞的艺术体裁从外国的贵族化变为中国的平民化，钢琴协奏曲《黄河》也把钢琴从西方的贵族化变为中国的平民化，小提琴协奏曲《梁山伯与祝英台》也把小提琴从西方的贵族化变为中国的平民化。几部作品对于普及西方艺术形式起到了难以估量的作用。何建国认为：如果说两首协奏曲过去曾有过"宣传工具"之嫌的话，现在则应视为中国当代文化的财富。他修改的《梁祝》版删除了"反面音乐形象"的对比段落，淡化"阶级烙印"，消除多余成分，单向度展示民间神话的美好，成为新一轮阐释中国形象的代言体。古老的民间传说本来就不是为了政治和权力而作，音乐作品最显著的特点就是中国旋律的主导地位和平民色彩以及纵向声部的非对抗色彩。他的做法就是消解历史的非本质和非主流倾向，还音乐以本来面目。毋庸置疑，当下的中国，整个社会都在开始从"国家音乐"到"音乐国家"的平民化转变。

  西方文化、流行文化、民族文化三足鼎立的状况中，弱势的民族音乐有过一段备受冷落的时期，那些年到音乐厅听民乐的人十之八九是单方面看人情面子来凑人气的牺牲。随着文化自觉和国学复兴，民族音乐越来越受重视，国乐复兴真真切切地临近了。当然，危机并未过去，特殊的历史境遇使民族管弦乐团一诞生就承载着举步维艰和无法长足发展的艰难。作为演出运作的管理者，他深知,乐团节目单绝不是个封闭系统,必须与时代紧密联系,要把人吸引到音乐厅来聆听民族音乐,就必须备得上"满汉全席的三百道大菜"。有了满屋芬芳和积累菜谱,才能把乐团变成个再也不叫人整夜牵挂、混不出吃喝的乐班子。

高悬的指挥棒

何建国认为:新世纪以来,民乐熬过了最窘迫的时期,缓慢地走出低谷,整体状况呈现回升气象。过去抱怨政府未能鼎力扶持,今天,强大的中国已经开始提供给民族音乐家越来越多的机会,就看你能不能让国乐更吸引人了。市场瞬息万变,任何一个团体不管过去有什么金字招牌、老字号头衔,不图维新、不思进取,就会像外国的柯达、中国的乐凯一样,在新一轮洗牌中被淘汰,成为昙花一现。虽然乐团运行依然受社会公共管理系统的制约,但中国已经进入减缓生活节奏的时代,需要疗伤和寻找平和心境的人,逐渐把目光投向民乐。

可以看到,一个有过如此一番精神准备的人,才能在需要之时,接过指挥棒。这种准备,就是上面叙述的长达数十年的故事。可以说,一个人成为什么样,取决于他如何实现自己的追求方式,并取决于他为实现这种追求所获得的技术手段。

每场音乐会,指挥自然比一般人付出更多汗水。曲终时,他脱掉西装,躯干上布满了密密麻麻的汗珠。充沛的生命意识和孜孜不倦的追求,让他感到快乐,某种程度上讲,只有一只手举起"定海神针"一般的指挥棒时;他才感到身体平衡。

返场曲目,总把一场音乐会的气氛推向高潮,他总以舞蹈般的肢体语言,让观众领略什么是潇洒。乐曲中间,他总是侧身而立,故意让观众看到幽秘面目的一半。不知为什么,这个姿态总让我想到用黑色披风挡住半边脸、眼神犀利却充满柔情的佐罗，只不过手里拿的不是剑而是指挥棒。每次谢幕，他总把献花转献于坐在最前排的乐手，尊重乐队的习惯和行为，总能激起一片笑声，也更激发了我对指挥即佐罗的浪漫联想。

　　作为指挥，他必须学会与观众互动。必要的亮相讨彩，有效地缩短了与观众的距离，让大家毫不费力地接受优雅。庄严与轻松、合理搭配让现场充满幽默。《拉德斯基进行曲》总是在全场划一的鼓掌击节中按时抵达 hail，观众被他每一下画龙点睛的点拨燃起助兴活力。几十次上上下下的舞动，从十几岁到几十岁的人都跟着他的拍子一起抑扬顿挫，欢忭舞蹈。

　　他是鼓动别人的高手，把一个人的高兴变成了全场人的高兴，再把全场人的高兴变为他一个人的高兴。

（原载《锦瑟》2012 年第 2 辑）

弦　路

——初读二胡演奏家李源源

第一次听李源源演奏《二泉映月》不是在乐曲产生的故园，而是在"音乐之都"维也纳，这个除了籍贯与华彦钧（阿炳）同属一个省份之外再无相同之处的年轻女孩，以超乎寻常的神秘感应，对接了同乡的梦境。理论界常常谈论颠覆"艺术来源于生活"或"艺术体验派"的事，如同根本没有旧时生活体验竟然写出《妻妾成群》（改编为电影和舞剧《大红灯笼高高挂》）的小说家苏童，如同根本没有接触中国宫廷生活甚至连中文都不会说却在《苍穹之昂》入木三分地扮演了慈禧太后并获得中国人认同的日本演员田中裕子，如同根本不可能体验童话幻境写出《哈利波特》的英国年轻女作家乔安妮·凯瑟琳·罗琳。李源源也是如此年轻，苦难体验无从谈起，阿炳乐境营造的悲凉，与吃着肯德基和麦当劳长大的新生代没有任何联系，然而，她竟然把自己手中的两根弦，搭连到"同乡"的心弦上。不用说隔着老远距离的阿炳，当代年轻人，身着时装、足登高屐、面敷CD、口含饴糖，就是与上代人恐怕也有点代沟。然而，音乐却跳过时代，跨越时空，直抵心灵，又一次见证了艺术的神奇，让人感到"音乐"之所以称为"音乐"而非文字的超链接"法力"。旋律不但可以横向沟通，而且可以纵向贯通，共时性与历时性并驾齐驱，相隔几代人，相差数万里，一瞬之间，凌空而过，心灵的那点敏感被她的纤纤素手，挠到了疼处。

2011年，李源源在内蒙古鄂尔多斯音乐会上独奏

她的身材就让人生出隔离感，完完全全属于新生代，身高1.77米，这个传统环境绝对培育不出来的"高度"决定了人们对当代新型职业的联想，与城市建筑和营养指标一同升高的身材与没有升高的二胡之间的比例总让人觉得有点失调。但恰恰是如同汉代名将李广拉满长弓让匈奴人"应弦而落"的超人长臂，让她把弓子延伸到前代人难以企及的"纬度"。长臂缓舒，游刃有余，把"非长歌何以骋其情"的满弓，扯到了顶端。无论怎样陈述新生代的先天条件并对照旧版以做评价准绳都可能对前代人不利而给新生代一个优势定位，但这些外部特征也许只不过是阐释学上的幻影，她的内心才是我们希望解读的触点，那里的确比我们想象的"老成"。不过谢幕时，李源源还是做了个很古典的举动，让自己的优美曲线与笔直的二

胡形成适度比对,使沉浸在悲凉曲境中的观众略有点笑意。

弦路

其实,中央民族乐团在斯洛伐克首都布拉提斯拉瓦"国家广播音乐厅"的演出,李源源的身高更令人愉目。覆盖住整面巨大墙体的乳白色管风琴,把高高低低、粗粗细细、组组相衔、通体晶莹的音管布满天幕,把艺术圣殿渲染得无以复加(如此浪漫颜色的管风琴怎么从来没人提起过)。荧光四溢,银辉夺目,让舞台上演奏员们的影子都被放射为半透明体。李源源身着红色长裙,亭亭玉立,让当代中国女孩的形象融化在色差中,亦真亦幻,如飘如悬。此时此刻,我才悟到,处于一片让所有细长变为矮小的管状"丛林"中,她的"高度"真给中国人争面子!

如果说1997年在维也纳金色大厅的演出照一度成为中央民族乐团的标志,那么2011年在克里姆林宫剧场背景为大红绸子当空舞的照片,已经成为新一轮的乐团标志。李源源与金发碧眼的俄罗斯大提琴演奏家的照片,被文化部选为音乐界对外交往的象征,印发在2013年度外联局编辑的台历上。一个中国姑娘,一个俄罗斯小伙;一把二胡,一把大提琴;一个中国,一个西方。这样的寓意,谁都读得出来。

文化交流的种种渠道,音乐大概最便利。无须翻译,无须讲解。处于不同时代、不同区域、不同语言的人,瞬间便能体会隔着父辈祖辈、隔着千山万水、隔着异族外语的相同内涵,把现实空间似乎早已消弭的"贮存",一下子调到"桌面"上,触及深不可测的灵魂之井,如同神示。端坐大厅,我天旋地转,她的演奏一下触动了哪根神经,我被瞬间打动。无须说,坐在旁边的观众跟我一样。

李源源在莫斯科克里姆林宫
与俄罗斯大提琴演奏家合奏

《二泉映月》被几代二胡家阐释过了，先不说王国栋、张韶、闵惠芬、安如砺老一代，就是宋飞、于红梅、马向华、高韶青等新一代人，几乎把这首千人琢磨、万人打磨的乐曲挖掘到原本应有之义难以再辟新境的程度，然而我们还是在李源源的"心头"品到了"别是一般滋味"，这是她的青春之讴！

人们对《二泉映月》进行过不同形式的改编，不用说移植到西方弦乐重奏、民乐管弦合奏、古筝、大提琴、电子合成器、填词独唱的音乐形式，其他艺术体裁还搬演过配上凄美爱情故事的电影和电视连续剧，更有以此为题的锡剧和"洋透了"的芭蕾舞、音乐剧。所有音乐书籍没有不提阿炳与《二泉映月》的，无论专业层面的教科书还是通俗层面的普及读物，然而层出不穷的表现并未使中国人腻烦。阿炳的音乐让中国人第一次遇到大师的天纵之弓、横空出世的气息和恢宏，于是，超量言说就在一轮轮艺术的与学术的渠道中不断演绎。解读新

生代感悟和体认本土文化的来源,大概就是这类社会上的海量"流行"?或许有一耳朵、无一耳朵的言说背景,就是李源源吸纳知识的源泉?其实,人的聪明之处大概就是,与大家获得相等滋养、相同条件的同时,自我反刍,最后用弓弦托出自己的灵魂。李源源让老牌经典变成了观众向来有点奢望的极品,每个音符都被精雕细刻,讲究得让人觉得不是从弦上"拉出来"的而是从弦上"刻出来"的。演奏家的刻意精进和层出不穷,是当前音乐界最突出的现象,身在当代、心游故园的一茬茬人,立新风、辟新境、建新业,值得细细评说。未来属于谁,已经不言而喻!

(原载《中国文化报》2010 年 7 月 15 日第 6 版,转载《锦瑟》2011 年第 1 辑。)

守望万竿竹

——竹笛演奏家陈莎莎与第三代执笛人

　　陈逸飞油画中手执乐器、低首垂眉的淑女形象，一度风靡大江南北，音乐团体竟也默契配合，把画布默片演绎为有声造型。一组女孩，手执乐器，低首垂眉，红袖添香，让"画中人"带着声响跳进堂屋，于是，国人大惊失色，又喜不自胜，绝对符合中国人品味的画面配上绝对符合中国人品味的丝竹，把淑女意象，合为完璧。最重要的是，音乐家没有仅仅给画面"点睛"和"大变活人"就算完事，还从中提炼出一种胶合着古典韵律与后现代品相的风韵。陈莎莎拿着一根一米长的竹笛走上舞台时，不知为什么我会想到这些，或许她让刘海垂搭眼前以及吹奏时总是眯起一双梦幻般的眼睛，就是在解读含蓄？

　　中央民族乐团好像是个出笛子演奏家的地方，第一代有王铁锤，第二代有王次恒，第三代出现了曾格格、陈莎莎。三代笛家，各领风骚，笛风为之三改其颜。如果用一个词来大致形容三代人的风格，可否概括为第一代笛家的"民间化"、第二代笛家的"文人化"、第三代笛家的"城市化"。不知道把三代人归于一个简单概念的总体判断是否合适，但他们背后的"布景"的确提供了这道底色。当然，无论是王铁锤的"民间化"，还是王次恒的"文人化"，以及陈莎莎的"城市化"，个人风格的调度都以一管紫竹的产生土壤为最后量度,这个量度就是"中国化"。

第一代笛子演奏家王铁锤来自民间,身上带着与生俱来的爽朗明快。他端着匀孔笛走入城市厅堂时,乐坛为之闪亮。今天寻找渐行渐远的民间,才能体会到来自乡土、天生质朴的珍贵。对于第二代演奏家王次恒来说,单纯笛风已经载不动成长史中的苦难,他另辟蹊径,开创现代技术,把大型体裁引入笛乐。在一片不再安稳的铺垫中,笛子缓缓冒出时,让你感到了严肃与揪心。文人化与知识分子化,成为笛乐流脉的新情愫。王次恒具有时代品性和艺术直感,吹出来两个乐句便为竹声的文人气,定准了文化根脉。第三代执笛者曾格格、陈莎莎直抵感情世界。或许人们认为新生代更主观、更自我,的确,她们不再拿他人标准衡量世界,不管说什么,直领听众进入个人世界。

如果把艺术家之于城市和乡村之间的距离作为检验尺度,似乎可以这样描述:王铁锤来自乡村,虽身居城市,却立足民间,田园特色始终是音孔按点。王次恒居于两者之间,民间文化与城市文化,田园东篱与城垣孤独,从两头灌入笛腔,让他的生命张力和穿透深度达到了哲学层面。陈莎莎生于城市,长于城市,"放眼看那座座高楼如同那稻麦"(崔健《不是我不明白》),体会着城市并表现着城市,迅速反映城里人的文化诉求,具有更加个性化的定位。从王铁锤到王次恒,从王次恒到陈莎莎,有一条主线贯穿下来,尽管从时段剖面上,这条纽带有很强的修正和移位。王铁锤扬弃了民间的低位粗糙,吸纳了城市品味;王次恒扬弃了稀释过的单纯,获得了文人哲思;陈莎莎扬弃了专业沉重,获得了倾吐自由。无疑,他们可视为三代笛风的代言者。

陈莎莎与郑红琴箫合奏

所谓艺术代言者,就是代表了一种审美风格的核心理念并将其提升为普世性。普世性既包含一代人的普遍感受和艺术认知,又表现为独特的话语方式和个人趣味。一个艺术家的任务就是要把一般人感受得到的品味,化为符合艺术逻辑的话语并把其放在历史整体的应有位置中。三代笛家成为三个典型时代的潮流捕捉者,时代塑造了他们的笛风,他们也塑造了时代的笛风。他们都从自己的角度,向听众揭示了听众自己。

吹笛子的陈莎莎与吹唢呐的宋瑶二人合奏,眼帘张合都打在节拍上,相互瞟一眼的眼神都应在节奏上,每个动作都有音乐意义。相合的女孩,深情相望,整个身体都随着对方的声音摆动,一会是头,一会是肩,一会是腿,一会是腰,总有一个器官随对方的韵律摆动,那种神韵真叫人陶醉。

如果把法国诗人瓦雷里所说的"一个人在决定

性的年龄读了一本决定性的书,他的命运将从此改变"转借过来,可以说,陈莎莎在"决定性的年龄"遇到了"决定性的"乐器,从此"命运将彻底改变"。出生潇湘,嗅到竹叶馨香,把一管紫竹,贴到唇边,再也舍不得放开。从竹林中透出来的清雅,让她感到,来到这个世界,就是为了摆弄竹子的。

陈莎莎出生长沙,城市出来的人容易适应另一座城市。1992年考入中国音乐学院附中,1998年升入本科,在北京城里受教育,教育程度够得上国际化。2002年考入中央民族乐团,一步跨进高手如云的国家院团,起点很高。新生代必须不束成格,证明自己的极致追求绝不是易碎的竹管,证明实力的当然不是技术,而是解读人心的深度。新生代不得不以特性宣布自己超越以往的立点,把与众不同的读点与自己的定位展示出来。其实,大众对于演奏家没什么特殊要求,除了独特风格。挑战最难的就是超越以往。谱有定版,腔有定格,器有定式,一模一样的器,大致不离的曲儿,怎样才能不一样?尤其前代经典,难得再有点不同。然而,演示中的张弛松紧、力度强弱、高低起伏,随时代而大有不同,发挥的空间,就是这类切入点。陈莎莎确实提供了一些与前辈不同的东西,因而弥足珍贵。

那么,什么动因使陈莎莎步入独特的表达世界?试图解答这个疑问时,我看到了她与琴家邓红的音像制品《心音琴箫》。近几年来,陈莎莎与邓红常年合奏,这段经历使一对姐妹的艺术产生了化学作用。瑞典汉学家和琴家林西莉(Cecilia Lindqvist berattar),曾于20世纪60年代到中国北京来跟随邓红的母亲王迪(中国艺术研究院音乐研究所琴家)学习古琴,目前译为中文的著作有

《汉字王国》《古琴》两书，名声颇显。作为热爱中国文化的西方汉学家，林西莉不但著书立说，还付诸实践，几年来情有独钟，看好"琴箫和鸣"的表演形式。从2007年到2010年间，数度邀请邓红与陈莎莎赴瑞典巡演，举办了40多场音乐会。年年柳色，持续不断。陈莎莎或抚箫，或吹笛，或掌埙，由此进入体验古典的另一番天地。一管箫声，七弦响应，"广场寂寂，若无一人"。姐妹俩相濡以沫，朝夕聚晤，竟然把数次年度巡演，变为切磋技艺的旅途。如果没有和鸣的经典配搭，就如同西厢的莺莺没了红娘，红娘没了莺莺，闲情雅致便轰然破灭。两位姐妹，性既温和，才又秀发，心灵交融，使巡演成为艺术上"更上层楼"的助推器。

2011年，陈莎莎与美国北卡罗纳交响乐团合作

当代年轻人的生活中,已经没有多少机会接触传统。虽然没时间读经典、诵诗词,但通过传送千载的古曲,陈莎莎不期然走进了一片同代人很少进入的天地。那里雁落平沙,潇湘云水,微云淡月,落英缤纷。音乐家通过声音解读传统的途径,与一般人通过文字解读传统的效果一样。音乐家阅读乐谱,与一般人阅读文字,似乎是两种性质的文本,但其间传达的信息和体验文化的接触面,本质一样。人们常把看得见的书面文本作为评价教育效果的方式,啃下四书五经,读完史记文选,背下唐诗三百首,是可以量化的指标。看不见的音乐好像难以量化。一堆音符,既不能论斤量,也不能论尺寸。无从测量,无从下手,无法作为人文素养的评价标准。其实,一首首乐曲,对音乐家潜移默化的教育作用,一如四书五经、史记文选、唐诗宋词,通过这种方式获得的体悟,同样不容置疑。

守望万竿竹

如此追求,使陈莎莎对文化的理解以及相应养成的气质,增添了别样底色。在一个大多数同代人走不到的地方,她随着古琴,跟着笛箫,循着古谱,步入深境。古典情致使吹奏者恨不得也变成一股清气,攒进管体,让声音再润泽几分,让自己再脱俗几分。多少次琴箫和鸣,多少次琴埙交融,她们交换着眼色,交换着心境,玉指素手,玉管朱弦,双声并峙,二气分流,难免不洋溢出使人醒观、使人高蹈的温馨情愫。陈莎莎的演奏不属于先声夺人、势如破竹的那种,古风熏融,含蓄内敛,那份典雅大概就来自这一特殊经历。其实,传统经典《梅花三弄》本来就是从笛子移植到古琴上的,过了一千年,又从古琴回嫁到笛子上。陈莎莎手把玉箫,回溯底脉。如果默默不语的晋代大将军桓伊晚生一千年,她就可以与之抚笛对吹了。

从来没想过陈莎莎会通过这种途径进入中国文化的大语境，表现中国，表现自己，合适无论，已然有了另一番历史视野和艺术视野。每每与晚辈交谈，她们理性审视自己艺术地位的谦逊，让人惊诧。陈莎莎是个谦虚的姑娘，谈及自己光盘时的回答令我想到：年轻音乐家的未来道路未必仅是向前开拓，她们回望历史的目光同样独辟蹊径，因此，艺术视野越来越宽。处于相同年龄时，我们哪里会在设计自己道路和未来前程的念头中填满如此多的回望？

　　古典诗词中关于声音的遥远意象许多出自笛子，读过唐诗者都会于飘然笛声中寻找凄迷。引得"十万征人"回头看的笛声，引来的目光，何止于古代呢？笛子爱好者的数字，翻着个增长，笛筒里装载的意蕴也不断翻新。为"羌族文化"申报联合国教科文组织"急需保护的非物质文化遗产保护名录"时，我把需要翻译的申报文本放到意大利人林敬和(Enrico Rossetto)面前，顺便给他背了两句羌笛的唐诗。他眯起眼睛看着计算机屏幕上的文字，知道我要求的准确翻译对于中国人意味的分量。让一个外国音乐家理解笛子对于中国文化的意义并不难，只要让他听听笛曲。音乐的确能够超越国界，他听了一段羌笛音乐，竟然把意义把握得准确无误。声音告诉人，夺走羌族人的"神笛"，便意味着阻断天籁的活水源头。笛子应该传承，因为举国人愿意侧耳倾听。有此诉求，不禁想到：历史要借陈莎莎的手传香呢。

　　苏东坡《水龙吟——赠赵晦之吹笛侍儿》词道：

楚山修竹如云，异材秀出千林表（笛之质

也)。龙须半剪,凤膺微涨,玉肌匀绕(笛之状也)。木落淮南,雨晴云梦,月明风袅(笛之时也)。自中郎不见,将军去后,知孤负秋多少(笛之事也)。闻道岭南太守,后堂深,绿珠娇小(笛之人也)。绮窗学弄,凉州初试,霓裳未了(笛之曲也)。嚼徵含宫,泛商流羽,一声云杪(笛之音也)。为使君洗尽,蛮烟瘴雨,作霜天晓(笛之功也)。

每代人都有自己的心灵史,乐器便是破解的钥匙之一,生命在一件乐器上延续,也在一件乐器上被认知。一段紫竹,倾吐了三代笛手的气脉,各自在历史叙事中寻找文化母体的生命共感并在代际差异中获得前行动力。乐器嬗变与历史大脉相呼应,既突显共性也突显个性。

陈莎莎心中有一片绿色竹林,一旦触摸竹管,就会让她安详恬静,灵魂也就在竹林中栖息下来。笛子很短,却并不因短小体轻而可小视、轻视。它安慰了多少代人,润泽了多少心灵,也安慰着新一代执笛人。翠绿修洁,不禁让后人对苏东坡痴迷的"万竿竹"报以足够的敬畏,也不禁把笛声对应于林怀民的舞蹈《竹梦》中的意境。把翠竹延伸为人类喉音,就是为了让青翠竹节能与她做生命的直接沟通。

[清]尤侗《艮斋杂说续说》,李肇翔、李复波整理。北京:中华书局,1992年,第58—59页。诗词中括号内为作者自加注释。

(原载《锦瑟》2011年第1辑)

双弦上

——板胡演奏家蔡阳身份的双重解读

蔡阳嫁了一位法国人，生了个混血儿，这件事在当代中国一点也不稀奇，然而还是让我觉得有点好奇，虽然20年前让我们诧异的事现在不再让我们诧异。自打改革开放，有太多想过好日子、嫁个好老公的范本供年轻女孩选择，的确出现了中国女孩要想图清闲就嫁个老外并由此改换门庭、摇身一变的诸多成功事例，出国与否就像能不能如吃上南国荔枝的杨贵妃与只吃自家桃李的农妇之间的区别，就像能不能如喝上远洋威士忌的皇亲国戚与喝本地产二锅头的农夫之间的区别一样，前者意味着尊贵，后者意味着平凡，采取什么方式生活自然象征着紧跟潮流还是不接世事。其实，她的想法完全不是这样，爱情发生得自然而然。女孩子找老公，似乎什么条件都没有，也似乎什么条件都有。说不准动了哪根筋，根本不需要理由，就喜欢上了。我更喜欢这种回答，说得比较本质。女孩子在很多时候做出的决定是没有什么理由好说的。选择虽然涉及一种生活方式与对待这种方式的态度，但并不一定都能连接到物质匮乏时代伴生的那一堆小算盘。当你看到蔡阳依然像原来那样本本分分拉着板胡、中胡、二胡等一大堆胡琴，像大多数中国女性一样为了孩子和家庭东奔西走，而没有像出嫁就意味放弃事业做全职太太那样，你就会觉得，她的回答实在。

双弦上

与第一批"出使西域"的"王昭君们"不同的就是我们看到的这种情况:越来越独立的当代中国年轻女性,不再因为出嫁(无论是外国老公还是中国富翁)而放弃自己。坚持自己从小的选择和确立的道路,并享受后天获得的资源,是她们现在的选择。这种趋势与转变,就是让我愿意记录与解读的兴奋点。

自然,作为音乐家和文化人,蔡阳确实从"涉外婚姻"中获得了一般人想象不到甚至她自己也想象不到的另一种视野。足不出户与游历天下,当然拥有不一样的视野。跟着老公,轻而易举地获得了音乐家(特别是民乐家)需要的跨文化知识谱系。这种经历每每发生在这样一批有条件跨越国界因而有条件享受双重知识谱系的人身上。中国老人做寿时象征着长寿的面条,据说在日本象征着新婚燕尔地久天长,在泰国象征着好运绵长,而在意大利

蔡阳与板胡

除了填饱肚子什么象征都没有，西餐桌上需要用叉子上绕几圈而中国筷子轻而易举就能"叨起来"的面条，在不同的地方，竟然有着完全不同的解释和象征，让人从不同角度审视同一种事物。一种物品进入到一种特定语境便可能完全不一样，异国他乡获得的见识，就这样一点点地积淀下来。无须说，陆陆续续生活在法国，让蔡阳既获得了阳光，也获得了目光。

孩子小的那段时间，随丈夫常驻法国，躲在田园小屋享受产后闲暇，除了家务，整个白天什么都不做，慢慢体验恬静。欧洲人细嚼慢咽，几个人围坐一桌、神情悠然、边吃边聊，一顿饭吃上几个小时的事司空见惯，这些按照中国标准分不清是晚餐还是宵夜的聚会，让她体会到当今欧洲人的生活态度进入的新阶段。赶着追着推进现代化的时代已然结束，善待生命，享受生命，比起还处于打拼阶段的中国人来说，自然有了另一重解读的视角。见惯了中国人急急火火、快进快出的方式，抽身跳入另一环境，让她感到浅近的中国文化界一时难以产生精品的症候出在哪里。占领速度和丢弃速度一样快捷的中国文化界易犯的毛病，急速转型的弊端与特征，在距离中便能看得真切。一个人在自然中聆听鸟声、水声，像在琴弦上聆听竹声、丝声，不慌不忙，不急不躁，不火不冷，审视同一时代两种环境导致的一系列结果，让她有了这番总结。这番总结让我吃惊。

音乐家的超链接，往往出现于自我更新与外来文化相碰撞的空间，蔡阳从自己的文化世界和知识系统抽离出来，从半是自我放逐半是有意追逐中，发现了手中乐器所代表的本土艺术对自我生命的意义。学术界把旅居异国者称为"离散族群"，描述的就是若即若离的人群那种说不清道不明的特殊感受,虽然中国女性懂得"嫁鸡随鸡嫁狗随狗"的老理,但她还是不愿意放弃"熊猫"身份和"熊猫功夫"。梦中漂浮与距离美感,渴望远游与思乡惆怅,让她懂得了手中的胡琴对于文化身份来讲具有的承托心灵的意义,或许只有在天天必须讲法语的日子才懂得了法语的隔靴搔痒与汉语的入木三分之间的差异以及母语的甜蜜。正如旅美作家严歌苓说:

> 人在寄人篱下时最富感知的。杜甫若不逃离故园,便不会有"感时花溅泪"的奇想;李煜在"一朝归为臣虏"之后,才领略当年的"车如流水马如龙",才知"别时容易见时难";黛玉因寄居贾府,才有"风刀剑霜严相逼"的感触。寄居别国,对一个生来就敏感的人,是"痛"多于"快"的。(《少女小渔·后记》)

生命机遇使一个人的双重身份逐渐变为下意识,也使母语文化在这样的深度上体验并在这样的广度上感知。她必须每天操法语、英语、中文生活在哪怕最私密的空间中,必须在最放松、最慵懒的状态中保持对"他文化"的反应和适度醒觉,如同必须常常在两种插座上转换插头一样,这大概就是孔斯特(Jaap Kunst)要求的音乐家应该获得"双重乐感"的最深境界。虽然客住法国,宾主有别,但她从来没有放弃端在手中的中国乐器以及从中获得的对母语文化的认同和亲近。这些既表现为以"他文化"为视角审视母语文化进行的重构,也表现为在解构两种文化后出现的整合。整合不但发生在审视法国老公把什么都做到精致的工作态度，甚至发生在中国母亲因本土价值观与越来越受西方影响的儿子之间产生的带有某种文化冲突意味的理解上，对于孩子的教育，她坚持不让母语背景远去，坚持让孩子站在她和她的祖国之间，虽然，为了维系较好的环境而最终选择宽容乃至屈就法语学校。毕竟法国人首先提出了影响世界的"文化多样性"口号，这使蔡阳对法国人的包容性多了一份认同。

这份坚执源于她为积累专业技能和音乐知识所花的那番功夫。她有着从附中到大学一路攀升的学历。从1990年被中央音乐学院附中录取的那天，父母就为了筹集学费不得不默默地省吃俭用。对于经济贫困时代的普通家庭来说，父母的行为意味着一份重托。一个人有如此俭朴而隆重的出门仪式，使我们不能轻易谈论她的欢乐琴声中包含的分量，如果不了解这份琴声背后超越琴声的弦外之音，不了解演奏家走向舞台之前的步履有多么沉重，也就无法解读那些深埋于旋律之下的生命底蕴。靠父母支撑的起步仪式，只在到了一定时候才能让当事人感到辛酸。白先勇说："我希望用文字将人类心灵中最无言的痛楚表达出来。"其实，每位演奏家的梦想同样如此："希望用弓子将人类心灵中最无言的痛楚拉出来。"

一个技术动作千千万万次重复，一支曲调片段千千万万次反复，就是演奏家成功的基数，非如此不能及。庄子说："且夫水之积也不厚，则其负大舟也无力……风之积也不厚，则其负大翼也无力。"演奏家在琴上下的功夫，在越演越激烈的竞争中让对手在自负中背上一份永远逃脱不了的沮丧的力量，来自无休无止的磨炼。她要向所有人证明自己的天赋，就得先在所有人面前消失，天天埋头琴房。她看起来的确是那种经常在学校里看到的规规矩矩的好学生。1990年到1996年的附中,1996年到2000年的本科,蔡阳在中央音乐学院时的专业既是二胡也是板胡,对于吃着乱炖长大的东北人来说,面对西北泡馍实在不知从哪里下嘴,全然是个徘徊于不识庐山真面目与不识艺术真面目两域间的学生娃。听完她演奏的《秦腔牌子曲》,李恒老师教训道:"听过秦腔高亢调子的人,大都以为演唱者苦大仇深,其实人家活得很自在,必须把健朗风格拉出来,这是板胡之所以不同其他胡琴的地方。就像'西北军'听了音也唱不准,板也跟不上的秦腔会严重影响对'东北军'的感情一样,你拉的曲子也严重影响了我对板胡的感情。你必须学会用西北人的腔调唱梆子腔,那是一个地区文化的魂儿!"老师的一席话,点亮了她的心灯。她开始知道,演奏好一件乐器和一首乐曲,必须了解这件乐器、这首乐曲之所以呈现出这般品相的语境,而绝不是个技术问题。成功与努力之间,必然存在时间差,在中央音乐学院熬过的十年时光,就是让不同"菜系"充分在自己"缸里发酵"的时间,那自然是自我加压、强化心智、不断提升的过程。

　　十年磨一剑,转眼之间到了毕业当口,可是一个人到了毕业时才发现,除了学校里学到的一时还无处施展的技术,一无所有,甚至连租间栖身之所的能力都没有,只能与同学合租一间小"茅庐"。自谋生路、自力更生的经历让人长大。手中琴弓,不再是令野蜂飞舞的"神来之笔",而是一柄锐刺,刺破了被校园包围的肥皂泡里的飘逸彩虹,划开了不食人间烟火和不知人间烟火之间的纱帘。音乐不能有商业元素介入的老调,唱到了终止式。文凭不应成为不具备生活能力的遮羞布，社会已然进化到斥责"商人重利轻别离"的"琵琶女"自我重利的历史阶段。当然，认识到此点只是开始，还需知晓如何从一无所有达至小康的途径。好歹，学乐器的人不难找到在饭店伴宴的活儿。于是，陆陆续续从音乐学院毕业的大小姐们就饥肠辘辘地坐在高高的乐池上慢慢拉着帮助客人开胃的曲子，看着客人一口口慢慢吞下世界上最开胃的食品，把满腹愁肠化为充饥画饼。这种反差比什么教育都更能令人转变身份。她获得的"第一桶金"，就是付完房租后的一顿饕餮，当年属于"初级快感"的东西，的确让人脱胎换骨。如同所有毕业生一样，打土豪分田地般找到自己的位置后，就有了冷眼旁观落伍者的满足和庆幸迈开第一步的胜利感。

离开学校找到的第一份工作是在"北京现代音乐学院"，并终于在 2001 年进入中央民族乐团。她是个没有辉煌演奏经历也自然没有辉煌登台经验的小人物，女孩子都清醒地认识到容颜没有耐心等待成熟，必须寻找机会登台。机会来了，参加"非凡乐队"是她安身立命的时空中发生质变的标志性事件，频繁的演出不但是展示才华的好机遇，也像许多演奏民乐的女孩子一样看到了古老的艺术品种自我更新的另一种方式。

解构"文以载道"的泛政治化倾向，构成 20 世纪末音乐界扭转乾坤的一股股新潮，不使用另一套拳路就起不到拨乱反正的强大脉冲，构成了当时唤醒郁闷乐坛的一串串春雷。民乐日益多样化乃至陌生化的组合，如雨后春笋，活跃于城市，形成了一场绵延数几十年、非主流、实验性、商业化的演艺运动。一时间，"一人一把号，各吹各的调"，他们在"民乐"前加了一个字，构成"新民乐"的新概念。

所谓"新民乐",就是以"中和"方式一方面不否定原有主流,另方面也开创另一类主流。个性化当然含有因为反潮流而渴望成为潮流的意愿,然而,她们既不反对原有的民乐并与之共生,也把体现价值的方式落实到娱乐和商业的双重价值上。舞台上她们"无声不歌,无动不舞"(齐如山语),把坐在那里一动不动的老套路彻底送进历史。

处于社会转型的大变革中,面对错综复杂莫衷一是的观念选择,许多人把流行音乐视为泡沫文化、快餐文化、消费文化,但又有多少人从流行文化中看到其最大限度地消解了大众文化中过度消费政治的潜移默化作用?即使参与者不具备自觉意识和政治敏感,但身体力行,这算不算对曾大卖特卖"文以载道"的老套路的反逆?不同类型的组合,让人摆脱了流行音乐就是"郑卫之音"的历史定义和刻板看法,看到它消解泛政治化的潜移默化作用,在帮助老百姓回归正常体温的过程中,构成一种移风易俗的新思维。

新民乐是一个公平自由的市场,没有门槛与偏见,任何人都能参与。事实上,"非凡乐队"四个人的相同点有很多,都是民乐界的佼佼者,蔑视俗规,特立独行,具有跨领域的商业敏感,甚至都执着于完美主义。终于,"非凡乐队"获得了投资人青睐,出版光盘,签约演出,密集的演出让她们充分享受到现代舞台提供的迅速令人成熟的挑战和快乐。舞台上,不知是出于对上天赐福的感恩,还是表达天籁之声落入人间,她一手持二胡,一手笔直地指向茫茫太空,那气度可大了去了。

有人说:出来闯的女孩子都得有牙咬碎了咽到肚子里,永远收拾得体体面面、光光鲜鲜、以一副甜蜜面孔现世的义务。现代舞台上,女性再也不是弱势群体,至少在音乐发言权上不再想做弱势群体。她们希望大众把自己当成一个名副其实的音乐家,别当成什么女音乐家;当成一个实力雄厚的艺术家,别当成什么女艺术家。实际上也是,听众决不会因为你是女孩就照顾一点,女性在艺术上与男性一样平等竞争。对于要求越来越高的听众来讲,听的不是性别,而是过滤掉所有外包装的音乐。闭着眼睛听的观众不要标签,她们必须做到能拉出好曲子的水平,展示有意义和有深度的音乐,而不是靠睁开眼睛才能看得见的光鲜。

必须承认,女人为获得成功要付出的代价和争斗过程是男人想象不到的。女人大多数时候仍然处于弱小一方,男女平等迄今仍然是个不能全部实现的梦。几小时前还在舞台上像不食人间烟火的飞天一样弦管鼓吹,几小时后就得一声不响地待在厨房里摆弄锅碗瓢勺。仿佛戏文里一挥袖子就变出来的一桌珍馐佳肴,其实是从超市里一点点像蚂蚁搬家、平移回家的巨量包裹。眨眼工夫就变出来满屋洗衣粉、牙膏、晾衣架的女妖,实际上是商场里为实打实过日子而精打细算、斤斤计较、一点点淘换而来的小女人。乐团生活,四处奔波,外出演出是家常便饭。每次离家,几岁的儿子抱住她的裤腿,说什么也不放手。老公幽幽地说:一个月回来后,他该不认识妈妈了。

这就是蔡阳的疆域,清早醒来,必须调整时差,明确身处何地。一会在河北省保定市参观"直隶总督府",一会在法国南部参观卡卡森古堡(carcassonne);一会在泉州开元寺铁塔前留影,一会在法国西部布鲁坦尼拉拉特城堡(le fort lalatte)摆pose;一会在青海湖畔享受"花儿",一会在法国普鲁旺斯欣赏香水制造工厂;一会在珠

江边散步,一会在多瑙河上漂游;一会登临白雪皑皑的阿尔卑斯山,一会爬上"一览众山小"的泰山。一边是伟大的中华文明,一边是灿烂的法国文化。游走于双重空间,获得了双重视野;肩负着双重身份,体验到双重乐感;身临于双重语境,享受着双重快乐,更有在转换中体验穿越文化意义上的空间的艰难与快意。

个体机遇皆可昭示时序常态,蔡阳的个人经历都带有变革时代整体缩写的印痕。所有记写形而下的生活与人事,都是为了思考形而上的生命与艺术,我们的记录当然也为这一目的。虽然当代音乐史开始记录的人物越来越多样,但历史学家还是很

蔡阳在意大利威尼斯码头

少聚焦跑来跑去满天飞的乐手,关注民乐界的运作者。民乐界不但有王国潼、闵慧芬、朴东升、刘文金,还有我曾写过的李源源、谌向阳、陈莎莎、蔡阳。小人物与大人物一样,让此领域生机勃勃。记录他们的喜怒哀乐并借以窥探社会转型的细枝末节,当

然是新的"田野"。这样一批人就生活在你的前后左右,仔细打听,竟然有着如此值得写的故事,或许借此记录可以呈现另一组更为具象的乐团群像并建构一份真实的团史,乐团绝不只是挂在门口的一块牌子。无论怎样,我们记录了正在经历的现在,未来,它便构成与一双丝弦连在一起的记忆。

(原载《锦瑟》2012年第2辑)

百弦争鸣

——扬琴演奏家谌向阳面前的纵横世界

如今,让一件中国乐器与外国观众沟通的时间大大缩短了,谌向阳于1993年为期一个月的时间里,在日本参演了30场音乐会,而1996年持续两个月的日本巡演,已经记不清多少场音乐会了,但笔记上却记录了一大串地点:东京、福岛、冈琦、名古屋、新横滨、沼津、横须贺、福冈、鹿儿岛、佐贺、熊本、宫崎、德岛、旭川、函馆、长冈、富山、一宫、冲绳、大阪、八户、川崎、鹿沼、茨城等,几乎把岛国上大大小小的重要城市跑了个遍。比起1792年11月贝多芬搭上驶往南方的邮车从波恩到维也纳需要花费8天时间,比起李斯特1838年到1847年间从君士坦丁堡到都柏林、从马德里到莫斯科穿越欧洲的巡演所需近一年的时间,比起俄国小提琴家亨德里克·维尼亚夫斯基和钢琴大师安东·鲁宾斯坦乘坐火车完成19世纪70年代在欧洲和美国长途巡演的几年时间,今天的演奏家"坐地日行八万里",轻轻松松完成上述音乐家需要几辈子才能完成的巡演半径(依据古典音乐时期的旅行速度,谌向阳的半径要让快步如飞的贝多芬走三辈子)。虽然,花费时间有如云泥,但巡演感触大概没什么不同,由此获得的世界性视野和世界性胸怀也没有什么不同。

比起没有留下多少图像的前辈音乐家旅途,精力旺盛的谌向阳几乎用图像记录了所有行程，而且行动敏捷，当人家纷纷挤到前面，拿出相机，生怕漏过一个奇景时，她已经收起相机了。她以最快捷的方式认识另一地点和另一文化，也用最直观的方式记录自己的岁月和空间。一次次缘于巡演却不止于巡演的旅行，不断叠加，让她不断认识着文化与其生成背景的关系。一开始揣着蹩脚英语大胆独自穿梭于商业区购物，一来二去，英语讲得呱呱叫了。观美景、吃美食、看帅哥、膜拜贝多芬、拜访格里格、探寻毕加索、偷窥马友友、模仿弗拉明戈舞步、倾听教堂管风琴轰鸣、在巴黎塞纳河边老房子前晒太阳、在茜茜公主"温泉宫"雪地上撒欢、在悉尼歌剧院大贝壳前大呼小叫、在希腊古剧场的断壁残垣前慵懒发呆、徒步走向阿拉斯加却发现只省了两美元、在日本饕餮生鱼片、遭遇地震时穿着短裤跑到满是逃生者的大街上而且忘了拿房门钥匙、花去大把时光用于不同城市的大街小巷，放纵自己贪玩、贪吃的最真实一面，在快节奏的地点变换中体

2010年，在比利时布鲁塞尔作者与谌向阳合影

验慢节奏的生命气脉,构成了到目前为止她一串串的快乐时光,无须说,贴着不同颜色行李托运标签的超大箱子见证了她流水般的日程。听说一位美国作家写了一本很流行的书叫作《死前要去一千个地方》,比起那个爱玩的家伙,她大概已经超过这个数字了吧。

我们不得不佩服音乐家理解世界的独特方式,他们没有时间阅读,从小养成的练琴习惯甚至使他们不喜欢阅读,但到处行走的游历,却使他们获得了艺术通感层面上的品位。大部分音乐家不是通过文字获得审美鉴赏力的,许多杰出艺术家甚至不识字,但练功也是教育,而且是比之文字还要细致绵密的训练。这种源自业务训练的方式使艺术家的感官系统异常发达,反应迅捷,纤细无比,不需绕道,直抵中枢。经年累月浸淫于音乐,一个音与另一个音之间必须区别表达的追求,细密到极致,让音乐家的心灵超级敏锐,于是,悟性得到开发,神经得到打磨,视野得到拉伸,体察得到深化,经历得到拓展,不但离音乐本质近了,而且离人性本质也近了。听觉就是千里耳,目光就是千里眼,纤发毕现,表现手法势必到位。学界或许可以由此解释为何不善读书的人却像读书人一样表现出超级的艺术品位和审美格调,并把表演艺术推到与著述人挖空心思达到的同样境界。演奏家在弦上挖掘出来的气质与细致,甚至让摆弄文字的诗人自叹弗如。音乐家不是不想阅读,悟道的特殊途径使他们认识到,与其依靠阅读,不如依靠阅历,与其通过文字,不如通过琴弦,与其假借别人,不如凭借自身,既然阅读那么痛苦,为什么强扭天性不遵从职业的自然逻辑?干脆信马由缰,以游历天下为充氧资源。

谌向阳喜欢旅行、新奇、聚会,收集与自己和乐团相关的所有信息，无论是报纸报道、花花绿绿的节目单、音乐厅前广告牌上的广告、音乐厅年度计划表、刻有红色国徽章的获奖证书、光盘封面，她的计算机文档中汇聚了一大堆丰富异常、令人叫绝的资料。读图时代的现代档案，像她手下的扬琴弦一样千头万绪，让外人看了脑袋发晕，她却头绪清晰，一点不乱。每到一地，她就动手，用相机参与从未受过关注的当下音乐家生活档案的建构（我领命编辑团庆画册《锦瑟五十弦》苦于找不到资料时，发现她的宝藏），她做得认认真真，连续几十年，排列有序，洋洋大观。

  旅游并不都是开心时刻，2004年"法国文化年"期间，谌向阳跟随中央民族乐团一口气跑了十几个法国城市，一路欢歌，然而，接下来的待遇却让调式变成"苦音"。大乐队打道回府，留下来与法国乐团合作的小乐队被安排到全巴黎最便宜的旅馆，除了两张并列、刚刚容身的床，房间几无落脚之处。舞台上闪亮登场却在生活中失去尊严的艺术家，面对如此"待遇"大都委屈落泪，离开中国机场最初一刹那的骄傲荡然无存。晚上，为了艺术，认认真真、踏踏实实演奏，白天却只能漫无目的地游走于塞纳河畔。或许，客舍外面的青青柳色和艺术景观，成为解脱坏心情的补偿。但在沮丧心情下，异乡景色到底是黄昏转变为清晨，还是清晨转变为黄昏，她已经分不大清了。留守巴黎的音乐家像流落巴黎的冼星海一样，除了屈辱与委屈，剩下的就是埋头音乐了。或许是为了省下每一块铜板的中国人的节约天性，或许是艺术家的高傲不愿意屈膝求助，她们忍耐了几乎很少人理解的聚光灯外最深沉的孤独和苦闷。从狭小的旅馆到宽大的音乐厅，就是她们的生活，绝没有养尊处优的份。所幸，因为中国人的适应性和生命力,背井离乡,无依无靠,都成了艺术家迅速成熟的超级"滋补品",她们音符中的深沉就来自这些磨难。

无独有偶,1999年,他们在德国遭遇同样的滑铁卢。在德国奥特布依伦住了一个星期,全体团员被分配到不同家庭借宿,主家态度完全不同,有的慷慨大方,有的吝啬冷漠。失去组织的散兵游勇,在小镇大街上交换着信息,只好每晚聚集一起,享受彼此依靠的温暖。喝酒唱歌,夹杂着汉语、德国、英语和肢体语言的交谈,让聚会爆出许多一种语言交流无法获得的笑料。几个人喝得东倒西歪、迷迷糊糊,也未尝不是渴望达到放肆境界吐一吐心中委屈的方式。当然,作为女孩子,谌向阳不会忘记为了第二天舞台灯光下的好脸色而在会餐后敷面膜。

网上语言道:旅游就是"从你活腻歪的地方到别人活腻歪的地方"。想来不错,离开从早到晚面

2003年,谌向阳与法国著名指挥家阿巴多合影

对的熟悉环境,飞到陌生地点放松疗伤,成为现代人高度认同的解压方式,而对于音乐家来说,还收获了意外的艺术通感。这类旅行的确让人心动,对于谌向阳来说,真正的迷人之处,就是生活与艺术不分彼此、重叠一体的共同时空。中国音乐学院毕业后,她留校任教,与别人不一样的选择是,演奏人才拼命想从剧团调到音乐学院当教授,而她背道而驰,从高等院校调到演出乐团,其中原委,大概就是乐团可以周游天下的独特判断。

　　谌向阳出生于长沙,17岁那年,即1982年大年初二,为了参加平生第一次全国比赛,只身一人乘上从长沙到武汉的火车,发现一节长长车厢中只有自己一人。空落落的还不止车厢,四小时路程熬到武汉,约好的同学没来接车,一人拖着大箱子到达武汉音乐学院时,发现整座学校同样空无一人。孤零零的寂静大楼里,除了听到自己的心跳外,就只能靠扬琴打破寂静了。老天爷很公平,所有老师都无私地帮助这位肯下功夫的小姑娘,为了让小不点儿达到她的年龄几乎无法达到的技术境界,老师们差不多急红了眼。一时间,她的技术突飞猛进。生活困境会使一个人抗击外界压力的生命能量超常释放,陷入绝境者往往发奋图强,"破釜沉舟,背水一战",指的就是这种亢奋状态。闯过学校审核、省级审核,过五关斩六将,面对强劲对手,她超常发挥,竟然一路走到了最后。年龄、身高、体重特征都还显示出最小参赛者的谌向阳,将如何用技术天分打动评委?决赛当天,她把老师们的话重复了一遍,心里突然安静下来,平静地走向舞台。好在,比赛不像现在有这么多背后操盘,公平的评委,给予性格刚强的女孩以应有的评价。没有白白忍受寂寞和苦练,她终于成为"全国民族器乐比赛(南方片)"不多的"优秀表演奖"获奖者之一。不知多少参赛选手在赛场球门口绕来绕去,临门一脚踢进去的,却是年龄最小的谌向阳。她让这个球痛痛快快地撞进了大门。初露尖尖角的小姑娘,得到中国音乐学院专业老师的青睐,邀她报考。她如愿以偿,挥师北上,走进中国音乐的最高学府。

坦率地说,随着各种名目比赛的增多,人们已失去对获奖的那份曾有的热切,获奖在人们心中不再像改革开放之初那样光芒万丈。30年前的评奖,保持了原有的技术要求,原有的公平立场,原有的严格眼光和选拔英杰的意识,未像当下多得数不清的评奖这般充满背后操作的技巧,含金量响当当。所以,获奖让第一次认识自己力量的小姑娘开始自信。初次迈进社会的重大经历,对她的精神刺激确实来得不轻,为她种下积极面对一切的人生态度,遇到困境,总能从容面对。人生转折常常决定于关键一刻,她勇敢地面对刚刚踏入社会和演艺圈的女孩子必须面对的课题和挑战,战胜了自己,战胜了怯弱,踏入了一片新天地。"世界上荣誉的桂冠都是用荆棘编成的"(史蒂文森语),苍天给人的精神指引就是通过被选中的个人于特殊时期表现出的超拔精神传达给勇敢者让其一生受惠的。

我们并非想把谌向阳必须有个值得同情的奋斗故事和坎坷经历作"呈示部",然后把"吃得苦中苦方为人上人"的过程当作"展开部",最后以斩获奖杯、金榜题名为高潮做"结束部",频频上演毫无新意的"曲式结构",让所有人觉得乏味,然而,她还真的就是遵循了"单三部曲式",一步步过来的。真是对不起读者,又得陪着读一遍重复了一千遍的故事,然而,对于所有时代成长起来的人,人生"序曲"以及接下来的"曲式"就是如此程式,谁也绕不过去。"头悬梁锥刺股"之类千篇一律的励志故事确实有点老调重弹的味道,但当一位过来人面对面地对你讲述一段她的真实故事时,我们仍然会感动,因为故事的主人就坐在面前,故事的结果让你看得到。

到中国音乐学院后,一心猫在"恭王府"里,曾有一段频繁练习可惜岁月平平的时光,有了刘明源、项祖华、安如砺、黄晓飞、王范地这样的老师授课和排练,渐渐地,楼道中大声喧哗的女孩子变成大人了,她开始注重端庄典雅,手中的音响昭示出内心的成熟,随着涉猎新作,新性格被塑造成形了。谌向阳开始面对各种挑战,如现代演奏技术。现代扬琴作品,远非习惯一两排码子老式样的音乐家所能想象。从两排码子扩展为三、四排(甚至附加一小排),像变电站上空令人眼花缭乱的一股股电缆,把一组组琴弦伸向四方,她手中的竹片,要把神经源上的电讯传输到每一根电缆的最末端。欲掌握为这台新机器设计的作品就得积聚实力,她的演奏使人得以见到许多知之甚少、闻所未闻的技术发展和音色变换,多声部思维的融入,让织体日益复杂,并行声部与主旋律间互为主从的交替方式,让漂浮于背景上的颗粒时隐时现。艺术家的深度来自于寻找到的艺术语汇,恰当处理与身处的现实和新型乐器之间的关系,处理的高下,定位了艺术的高下。肯下功夫,钻研体验,最终将被同行所知晓和接受。水平如何,舞台上见,这是音乐界自古自来的铁规矩。

如今,她编写的扬琴教材已被选为学院教材之一(《名家教扬琴》,国际文化出版社,2002年)。教材中的练习曲,百分之百出自她的写作,是历年积累的结晶。自打做学生起,历年考试,扬琴专业的人就免不了为所有民乐专业的学生伴奏,虽然耗时费力,却从中熟悉了所有乐器的经典曲目。此途此径,受益匪浅,吐出的丝,就是一本练习曲。

  登高而招,臂非加长也,而见者远;顺风而呼,声非加疾也,而闻者彰;假舆马者,非利足也,而致千里;假舟楫者,非能水也,而绝江河。君子生非异也,善假于物也。(《荀子·劝学篇》)。

  实在说来,在舞台上,让谌向阳露脸的机会不多,独奏机会少而又少,为人伴奏,注定是扬琴的定位,隐于他人旋律底层,甘做陪衬,养成了不事声张、认定为人作嫁衣的谦虚。她不仅兴致勃勃地调准所有琴弦,营造和谐气氛,也会为了完成特殊作品去选择用起来很麻烦就连欧洲人都嫌麻烦、懒得用的大扬琴。当然,为之伴奏的"主旋律",有时也颇抬举伴奏者,如在中南海为拉二胡的江泽民总书记伴奏,就是让她自豪、让别人羡慕的经历。

  当然,还有偶尔"露峥嵘"的机会。日本巡演期间,一次演奏琵琶协奏曲《草原英雄小姐妹》,独奏者吴玉霞的琵琶突然弦断,她急中生智,夺过身边乐队琵琶声部刘和成手中的乐器,继续演奏。但音乐是连续的,容不得半点"空白",这个瞬间,恰是琵琶与乐队对句,琵琶不弹,连续不断的音符就会"空挡"。谌向阳反应迅速,用扬琴敲出琵琶独挑的旋律,补上了"缺口"。应对变化的能力,反映了她的高度职业敏感和集体主义精神。

  谌向阳属于特殊时代造就的女性艺术家,改革开放的大好机遇,使她阔步异域,而且不像一般旅游者浮光掠影,常是深度巡游,住居体验,获得了解读世界文化的特殊途径,这是20世纪以来中国艺术家未曾有过的天赐良机。她见证了第一次遭遇外国生活景象的紧张、惊悸、激动、沉思,第一次面对自动取款机、缴费机、高速交通等现代设施的惊讶与反乌,以及第一次带回一大件电器的春风得意。反过来同样,她也是见证第一次听到中国乐器的外国人的疑惑,第一次见到中国乐器的好奇面孔的当事人。双向惊诧,从国内、国外走向现代的路线,在新旧交错的真实与梦幻之间,交织着打破藩篱的启蒙意识与探秘冲动。如今,第一次在国外见到的东西,大部分都可以在家门口看到了,但从无到有、从稀到繁的变化,让她感受到时代变化的速率以及从沉重到轻松、从惊愕到日常的过程。这个过程就是当代艺术家一路行来的真实。

我们希望记录的就是特殊时代音乐家的实际生活,一个人的故事,截取了一个断面,剖析出时代甬道,干脆说,这类故事就是"去精英化"的历史叙事。只描写艺术成就的"正面"记录,让人看不到活生生喘着粗气上场的人,或者说时代场景中有血有肉、有笑容也有泪水的人。既然历史学家黄仁宇从一个没有特别重大事件的年头(万历十五年)发现了一系列历史人物道路背后的历史趋势,谁能断言这些故事对于印证一个时代的艺术风貌就一定没有意义?谁能说改革开放一点点迈出的探索步伐不正好藏在艺术家的巡演游历中?

如果从探究当代音乐家的角度分析,谌向阳确实从上述经历中获得了非凡感受,同龄的女性艺术家大都有过相同经历。她们手中的国乐,已非20世纪初的国乐,时代的弦音将呈现怎样的底色?她们的音色,刚劲有力,坚硬铿锵,令人惊叹:时代怎么产生了如此多的女中豪杰。独立精神、高超技艺、百折不挠的战斗力和男人不具备的忍耐力，以及养育孩子、孝敬老人、经济比拼、社会责任，像男人一样战斗却不像男人一样有人伺候的生存状况，正是时代变迁中女性面临的多重境况。她们笑着挺过了一道道难关，硬是把事业、家庭都搞得蒸蒸日上。

谌向阳活力四射，思维精确，总在生活上为别人解决困难，到国外演出，面对房间中大大小小不同颜色的瓶瓶罐罐，她要给那些不懂外语的老师解释哪个洗头、哪个润发、哪个洗澡、哪个润肤以及如何退税、如何购物等。不知道其他女同胞的处世方式是不是也像她这么大包大揽，这么爷们儿？从电脑软件到汽车车型，从流行时尚到子女上学，团里同事遇到麻烦事，总是来找她解决，以至于大家称呼她为 GPS(导航仪)。这个团体里，能让奇思妙想成为合理有效的人不多，谌向阳是之一。

一年一度的巡演，依然如火如荼，谌向阳面前的边界继续延伸着，她手执一双竹片，乐呵呵地勾掉世界地图上那些没有去过的地名，自信地把它们化为已经落足的、自己的地界。

（原载《锦瑟》2011 年第 1 辑）

带火焦桐韵本悲

——琴家王迪

  20 世纪整个社会奔向西学的历史大潮中,却有一小群知识分子,逆历史潮流,踽踽独行。他们把几乎所有人都弃之如敝屣的传统"国学"作为终身相守的事业,把国人视为"封建糟粕"的"琴学",以符合时代的名誉,归属到艺术门类名下,从而最大限度地保存下这个"不合时宜"的品种。为了群体成员跨越设限从而保障自己的偏爱,他们部分做出迁就姿态,顺从"琴有更张之义,瑟无胶柱之理",然而他们知道,选择既是适应性的也是防卫性的。适应过程中的"太极拳法",让当代人窥探到琴人群体精神的坚韧成色有几何。虽然他们还没有认识到坚持传统就是坚持"国家文化形象",放弃传统既无法回到历史原点也无法确定迈出脚步的方向,却不知不觉地扮演了对当代社会频现的"新理念"提出反对者声音的角色,并以微弱的声音来抗衡片面强调"社会进化论"的巨响。因为他们的坚守,"琴学"成为克服过度工业化带来的社会弊病的最坚硬的资源,在"现代性"中呵护了文字无法公开表述、声音却能曲折传送的学理,既兼顾传统精神又符合艺术学理地说道,从文化立场而不是政治立场面对了新型国家与整个社会犹疑不决的问题,以不变应万变的"正调调弦法"发出微弱的弦音,"传向那暗地里窃听的人"。然而,正是这"太古"弦音,反而超越时代,在姗姗来迟的"非遗"时代与"文化自觉"的新世纪,走到了整个文化界的最前列。这便是让人在百年曲折后看到的"琴人群体"的价值之所在以及他们制衡种种浮躁的人文力量。管平湖、查阜西等琴人,就是这个群体的代表,王迪便是其中一员。

弦的另一端

20世纪初,北京城里飘动最多的声音还是古老的弦索。那时,街道上刚刚开始飘过"学堂乐歌"和"时代曲",但人们最常听到的还是戏园子里的京韵和戏腔。当然,那时也没有地铁,走街串巷的是现今"胡同游"的旅游地界才能看到其他地方已经难觅踪影的黄包车。王迪就出生在这样的文化环境中。

天上飘来一声凤鸣

1923年10月26日,王迪出生于北京。这位熟悉北京城里各种音响的女孩,却只对一种声音着迷。1936年,13岁的王迪,偶然从收音机里听到管平湖的古琴,潜藏根性中的听辨定位,就被这种随着清王朝覆灭而不再时尚的声音吸引住了。人的天性总要在一个早晨醒来,这个女孩之于古琴,可以用得上"价值直觉"这个现代概念,即在几乎还没懂得其中价值的时候就先天地认准了这个方向,而这种选择恰恰是历史希望这个人承担其使命的方向。浅白地说,这就叫作"命中注定"。其实,选择的背后,隐藏着生存环境赋予的天性判断,乃至到了她的生命因此而喷吐出灿烂光芒时,人们才能从逆向考察中分辨到学童时代的选择潜埋的"价值直觉",即认同她的时代提供的那些飘散在大街小巷中的声影。简而言之,王迪认同了自己时代的声音,她天生就是为古琴而来到这个世界上的。

王迪循声而探,打听到了拨弄琴弦者的住处,于是,就在门口等了几天,终于见到"戏匣子背后"的人。未曾想,刚刚毛遂自荐,管平湖就接受了这位虽然懵懵懂懂却已意识坚定的学生。

隔着漫长时光,对于当代人来讲,于更迭时局中茕茕独行的琴学大师,一定带着神行者的光彩。但对王家人来讲,面前的就是一位穷困潦倒的遗老。吃了上顿没下顿的管平湖,家徒四壁,甚至到了连冬天生火都困难的地步。王家人深得身陷贫寒的琴人之心,力所能及地照顾他。那时上课还没有学费一说,管平湖每次来王迪家上课,不但要让老师吃顿饱饭,还要尽可能多给他带些晚饭。寒冬腊月,家人还帮着管平湖置办鞋帽、棉袍。

无论如何,师生二人走到了一起,相聚让两人的生活都发生了变化。管平湖采用传统的教学法,师生面对面,心手眼,样样清。老师按"句"教,学生按"句"学。指法手势,力度节奏,旋律韵律,一遍遍讲,一遍遍仿。到了学生与老师一模一样的程度,再学下一句。蜗牛式的方式"进度"极慢,比起看着现代乐谱弹几遍就差不多的"视奏",相当"原始"。然而,已被称为"情景记忆"的"科学成分",却越来越得到学界认可。"活态传承"就是言传身教,耳提面命,因而深入骨髓,终身受益。

面对琴学衰落,管平湖独自抗争,只不过那份抵抗既没有英雄主义的呐喊也没有悲壮的关注。他默默耕耘,独自担当,一个个教学生,一个个会琴友,薄如蝉翼的琴学悬丝,就这样不绝如缕。北京城里还真有这样一批人。1947年,"北平琴学社"

成立，管平湖、张伯驹、溥雪斋、杨葆元等琴家，定期在张伯驹寓所雅集。一年后，不定期的雅集转至汪孟舒、溥雪斋、王世襄家。

当年雅集中走动的人物，让后人炫目。1940年后正式成为管平湖嫡传弟子的王迪，一直跟着师傅参加雅集。影响王迪成长的因素很多，但可以肯定，早年交往的这批京城名流，无疑是她儒雅气质的底色。前面是管平湖，后面是张伯驹，左边是汪孟舒，右面是王世襄，"坐上高朋满"，"往来无白丁"。他们的言谈举止，都会让夹在中间的王迪身浸雅风。

王迪弹琴照

1947年，王迪考入中法大学化学系，立志做个居里夫人，但肺部天生对化学试剂敏感，不久便病倒了。看得出，老天爷已经"定了调"，偏偏不给她成为居里夫人的体质。治疗休养期间，她继续迷恋古琴并补习文史。此时奠定的文学功底和历史知识,成为日后流畅文笔的基础。她转舵有力,于1948年考入"国立北平艺术专科学校"音乐系(后合并入中央音乐学院),师从作曲家江定仙。五年的专业训练,使王迪具备了现代音乐学素养,为整理琴乐储备了技术知识。1950年始,王迪进入中央音乐学院研究部实习,1953年正式留任。

把两种身份、两套话语合二为一的两个人

1949年之后,大大改善了生存处境的管平湖,有条件完成时代赋予他的历史使命了。对于渴望整理琴学宝典的传统琴人,无意间得到了受过新式教育的爱徒,可以把自己想做但独自做不来的事做完了。管平湖不识现代乐谱,作曲系毕业的王迪,有能力把老师弹出的旋律一句句记下来。管平湖做的是把"减字谱"变为活态的音乐,这称为"打谱",王迪做的是把老师"打"出来、听得见的"谱"变为看得见的"谱",这称为"定谱"。现代琴谱上都在曲名一边写有"打谱""定谱"两词,意思就是传谱人"打谱",记录者"写定"。前者负责把"减字""打谱"成曲,后者负责将音响记成现代乐谱,使之合于现代节奏比例和现行规范。所以《古琴曲谱》的乐曲前面都这样署名:"管平湖打谱、王迪定谱",说的就是这两个步骤。打谱技术要靠管平湖这样的琴人完成,记谱技术要靠王迪这样的现代音乐学家完成。王迪起的作用,就是具备传统琴学知识与现代音乐学知识"双重乐感"的人肩负的"桥梁"之责。

古老的减字谱必须借用当代语言和普适乐谱传达,以使大部分不懂得传统话语系统的人明白,

并获得现代操作系统的知识衍生。管平湖是旧时琴人，不晓现代乐理。王迪是现代学子，不但入得琴学门径，而且出得传统视域。一个懂古代，一个懂现代；一个懂国学，一个懂西学；结合一起，相得益彰，完成了现代琴学古今对接、中西对接的时代使命。这项使命，遇到了珠联璧合的师生，自然是一桩奇迹。如果管平湖没有王迪，纷繁的"打谱"怎能变成"定谱"，并井然有序地排列到五线谱上，不但让专业音乐家读得懂，而且让一般人读得懂。非经此途，那些口耳相传的名曲，就无从谈起。

　　从1953年始，王迪在中国音乐研究所的工作重点就是跟管平湖整理古谱。一方面习弹，一方面记谱，风朝雪夜，暑去寒来，师生二人积累起来的财富，直到出版时才让人惊骇。老师口传心授，学生忠实记录。如果没有既是师徒又是同事、既是协助又是合作、亦师亦友、持续数十年的缘分，哪个人能把管平湖手下那些千分之一秒间便转瞬即逝的短小音符记录在案？能够把古琴特有的在音高上难于归类的游移音符记录在案？能够把琴弦上微弱得只有俯身琴畔才能听辨得到的天籁之响记录在案？这不但需要全力以赴、侧耳倾听，而且必须具备特殊技术、心灵超级敏感的人才能办到！更何况还有后期的谱字核对、指法鉴定、技巧解读、宫调释义、曲义题解等等繁杂事物。王迪没有像个被派遣的秘书、被摆布的道具，按时完成规定动作，而是全身投入，其乐融融，并从中获得了无限快乐和超值享受。不然，今天就不会有一沓看得见的管平湖"传谱"。

　　这是管平湖最喜欢干的事，也是王迪最喜欢干的事，更是时代最喜欢师徒二人一起干的事！真是造化。管平湖有福分，遇到了高素质的助手，让积累了一辈子的财富一点都没损失。王迪也因勤奋捡拾,让老师积累了一辈子的财富变为自己一辈子的财富。这段师生缘,成就了老师,也成就了学生,更成就了琴派!双双获得超越自身的意义,真的是一加一大于二。扎扎实实的工作,让"管派"或"九嶷派"之号不再是个虚名。

这条件是新中国送上门的。对比一下1949年前穷困潦倒的管平湖,作为中国音乐研究所的元老之一,获得了最高工资待遇,不愁吃不愁穿,每日里就是忙活着自己最快乐的事,那种劲头,用当下流行的说法,"想不出成果都难!"

于是一阙阙琴曲,飘然而出;一件件打谱,灿然呈现;师傅挥弦,徒弟挥笔;音响飞天,谱页落地;一股豪气,直通唐宋。

穿着棉布长衫低头抚琴的管平湖,听到了时代喝彩,从那一刻,他开始让整个世界倾听自己巨掌下的弦声,而学生则让整个世界看到了老师弹出的乐谱。

如果没有管平湖这样的老师,王迪会不会有这般成就?如果没有王迪这样的学生,管平湖会不会有这般影响?也许可能。但两人的成就,都会打个折扣!其实,让两人建功立业、各自获得了诸般成就的是他们置身其中的国家机构。如果中国音乐研究所不存在,两个人都不可能成为现在这个样子。彰显个人才华和灵慧潜质的机构,把管平湖和王迪共同推向"九嶷派"的巅峰。如果没有专业机构,没有两个人共同参与的奋发向上的学术集体中的一系列实践活动,个人才智都不会深掘和发挥到这步田地,尤其是在事业视野高度和学术阐述深度以及跳出书本的社会实践方面。

管平湖太幸运了,遇到了这样的学生;王迪太幸运了,遇到了这样的老师;两人太幸运了,遇到了这样的机构。师傅宣赞古风,学生辅助时风,机构托举英才。个人享机构之渥泽,机构纳贤才之众慧,"并统列位,光昭当世"。无须说,对于王迪,老师对学生的影响力明显要比弹出的琴曲更深远。自然,还有那个令王迪"映日荷花别样红"的"池塘"。

两个机构一台戏

1954年3月27日中央音乐学院民族音乐研究所正式成立,管平湖、王迪、许健成立"古琴研究小组"。1954年10月10日,"北京古琴研究会"成立,隶属民族音乐研究所。杨荫浏主持召开了首次会议,选举溥雪斋为会长,查阜西为副会长,汪孟舒、张伯驹、管平湖等为理事,作为最年轻的会员,王迪参与其中。虽然琴人还无法理解新时代的行政模式对于一个古老乐种运作的方便之处,杨荫浏

王迪与管平湖一起弹琴

和李元庆已经通过制度化的安排使得琴学进入当代艺术体制,而这一点恰恰是边缘化的琴学最需要的。

　　文化部拨款于西城购置了一所四合院(兴华胡同即现在兴华寺街18号),专供琴会之用。这座现今可值数千万的四合院,竟然归属到从来没有自己"地脚儿"的琴会名下了!院内有正房、后房十余间。于"文革"期间被"人民群众"抢占的老宅院,早已"非复旧池台",我们只能从在那里跟随王迪学习古琴一年多的瑞典留学生林西莉(Cecilia Lindqvist berattar)的回忆中,依稀辨认"惊鸿"的"照影":

> 一排排简朴的白石灰房子一律面向院子……屋里沿墙挂着、摆着的是黑色和红色的古琴,也放了些书柜和黑色高背木椅。在雕花架上摆放的是栽有细长兰草的瓷花盆。❀
>
> 在我们那间朝南的大屋,光线从院子里透过窗棂照进来,我们可以隐隐地听到管平湖的琴声和查阜西的箫声……在那里我感觉到一种极度的安全感,让我想起小时候睡觉以后父母在客厅谈话的声音。❀

❀ [瑞典]林西莉(Cecilia Lindqvist berattar)《古琴》,许岚、熊彪译,北京:生活、读书、新知三联书店,2009年,第32页。

❀ [瑞典]林西莉(Cecilia Lindqvist berattar)《古琴》,许岚、熊彪译,北京:生活、读书、新知三联书店,2009年,第44页。

　　处处古色古香,时时琴声箫声。尽管事务繁杂,琴人络绎,但环境静谧,气氛温馨,井然有序。对于王迪来说,中国音乐研究所和北京古琴研究会不仅是琴学摇篮,更是思想摇篮。

　　"北京古琴研究会"是个不一样的机构,与古代"雅集"的最大不同之处就是把古琴带入现代艺术实践。机关、团体、学校、政府、招待贵宾等场合的演出,中央及各地方广播电台录制的节目,使得团体获得了新定位和体现自身价值的地方。对于渴望把"老古董"变为老百姓喜欢的艺术的琴人们来说,这些活动真是既实际又有意义的事。琴会齐奏的《和平颂》(即《普庵咒》)参加了 1956 年"第一届全国音乐周"开幕式,并以合奏《平沙落雁》参加"北京代表团"第三次演出节目。"音乐周"结束时,毛主席、周总理等国家领导人在中南海接见了包括管平湖、王迪在内的人员。招待会上,周总理和管平湖交谈,管平湖把王迪介绍给总理:"这是我的徒弟王迪,音乐学院毕业的。"总理盛赞有加,高兴地说:"古琴后继有人喽。"总理还请王迪跳舞:"你是搞古代音乐的,那就跳一只慢节奏的舞曲吧。"这是让王迪荣耀一辈子的事,她记忆了一生,也对人讲了一生。

1958 年,北京古琴研究会竟然演出了几十场,节目既有古琴与民乐(箫、二胡、琵琶、三弦、筝)合奏,也有古琴独奏、重奏、齐奏。操缦之声,连绵不断,琴乐从小圈子走向了新社会的主人——普通民众。后人很难从纯粹学术的角度判定这些行为孰优孰劣(全要看现场功能的影响程度),但绵延数年、主流性、实验性、非商业性的演出,确实给脱离大众的琴人带来了信心,感知到获得社会需要时自身存在的充实感。实在说来,当时新创的琴曲没有多少能够留下来,各种各样的"乐器改革"尝试对于琴乐来说是成功还是失败,是什么意义上的成功与失败(传统精神层面的还是普及层面的),都要细细评说,但当时琴会中的人,却做得认认真真,并充分享受没听过琴乐的大众的陶醉与惊叹。

第一拨实践"城市音乐学"的人

1956 年,查阜西、许健、王迪组成"古琴普查小组",历时三个多月、采访86位琴家、到达20多个城市和地方(依次为济南、南京、扬州、苏州、上海、杭州、绍兴、长沙、合肥、武汉、重庆、贵阳、成都、灌县、西安等)的普查,获得了发起人始料未及的收获。他们组织各地琴家在当地电台录音,资料汇总到中央人民广播电台及中国音乐研究所。最后,共采录262首琴曲,时长近两千分钟。

王迪第一次到了这么多城市,第一次结识了这么多琴家,第一次听了这么多琴曲。普查了解到哪个城市有多少琴人,哪位琴人会弹什么琴曲,哪位琴人藏有什么琴器,哪家图书馆有什么琴谱。这些向未心中有数的统计,王迪都是首席记录者。

也许,王迪走出南下列车之时,会因疲惫而揉过双眼,但她的眼睛被朝气蓬勃的国土上的新生事物点亮。也许,她会在名号隽永的名琴前流连忘返,但心中已经有了未来乐器博物馆收藏名琴的方向。也许,她在录音机前为琴家调整话筒位置时而手浸汗珠,却已经知道这批录音必将成为中国琴学的绝响。日后经她之手终成出版物的音响,不但成为世纪绝响而且成为整个中国历史"士文化"的绝唱。

"古琴普查小组"沿着一条与古代乡野采风足迹完全不同的道路,走进城市,无意间实践了"城市音乐学"的方向,可谓中国学者"城市音乐学"的第一次实践。它的确为现代琴学竖起了一盏明灯。

从外国到中国来记录琴学的人

瑞典汉学家和琴家林西莉,于20世纪60年代来到中国北京跟随王迪学琴,现在被译为中文的著作有《古琴》《汉字王国》两书。她是第一位到新中国学琴的外国留学生,这位记录下当时中国社会生

仅举收集乐谱一例,普查小组在各地图书馆、古书店、知名藏书家中,发现了许多从来闻所未闻的琴谱,如明代初龚稽古的刻本《浙音释字琴谱》(宁波天一阁),清代孔兴诱的刻本《琴苑心传》(重庆图书馆),清初刻本《松声操》(程雄《松风阁琴谱》刊行十年后校正刊印的精刻本),《兰田馆琴谱》《响雪斋琴谱》,收集到张友鹤全部手稿,扬州琴人史荫美遗著十三册,明刊本《玉梧琴谱》《五音琴谱》《古音正宗琴谱》,并对之拍照、摘抄、编目。

活方方面面、远远超出学琴的有心人,为我们描述了一个活生生的王迪。通过这本书,我们了解到很少记录自己生活的琴家在那个时代生活的许多细节。林西莉写道:

> 每次要学习一段新曲,王迪首先要坐车去音乐学院,从里屋书柜里的一些漂亮的雕版印刷书上复印一个古琴谱,然后我们仔细地过一遍,一节一节地,很费时间。开始的时候,王迪分别用五线谱和中国减字谱抄写几段谱子,用她那双干硬的小手在琴上示范每一个音的弹法,然后才让我试。慢慢地,她把各段谱子加在一起,这样我最后就有了整个曲谱。渐渐地,我也可以在她的指点下抄谱子了。

❀ [瑞典]林西莉(Cecilia Lindqvist berattar)《古琴》,许岚、熊彪译,北京:生活、读书、新知三联书店,2009年,第51页。

带有女性笔风的详细描述,展示了一副20世纪60年代的教学画面。王迪教给林西里12首琴曲。刊于1549年《西麓堂琴统》中的《伯牙吊子期》,学生这样记下老师的表述:

> 在我抄写的曲谱下她又加上了歌词。"一个伤心的故事,"她说,"但绝不要弹得太伤感。音乐本身的起伏有限,但它们必须传递一种很深的感情。别忘了他是在哀悼他的亡友。试着小声哼一下。不要真的唱,但你的声音得在那儿,营造一种气氛。动作要小而具说服力。在第二节的时候你可以高声一点,当提到子期的时候得听上去像发出喊叫声。"

女性教学,充满比喻。我引得多了点,但就是这些絮絮叨叨,让历史"动起来了"。

❀ [瑞典]林西莉(Cecilia Lindqvist berattar)《古琴》,许岚、熊彪译,北京:生活、读书、新知三联书店,2009年,第52页。

有些音听上去要像一只仙鹤舞蹈时的鸣叫，或一条巨龙在宇宙间盘旋追逐云彩；像挂在一根细线上的小铃，像一条快乐的鱼尾拍打着水面，水花四溅；或者，一只啄木鸟在冬日里执着地敲打着树桩觅食的声音。另外一些声音则要听上去像敲着大铜钟，像哗哗的水流声或被鸟儿叼在嘴边的无助的蝉的嘶鸣。还有，最重要的是，我的双手要一直协调地像两只凤凰那样在明朗的宇宙中间飞来飞去，不管它看上去如何。没有人见过凤凰，其实怎样表现都可以。不过一定要和谐，这点是肯定的。

"你想，"王迪说，"你把一颗珍珠掷入一个玉盘中，然后再一颗一颗地掷下去，它们如流星落下但每一个音都听得清清楚楚，清澈明亮，最后一切又恢复了宁静。你试试！"

❀ [瑞典]林西莉（Cecilia Lindqvist berattar）《古琴》，许岚、熊彪译，北京：生活·读书·新知三联书店，2009年，第44-45页。

❀ [瑞典]林西莉（Cecilia Lindqvist berattar）《古琴》，许岚、熊彪译，北京：生活·读书·新知三联书店，2009年，第43页。

不懂瑞典语的王迪和不懂中文的林西莉之间艰难交流的开始，让人看到了这段非同寻常的师生情谊建立起来的有趣过程，也见证了一位中国女性和一个瑞典女性以琴会友的点点滴滴。正是因为两种语言懵懵懂懂，外国姑娘不得不记录下所有能够记得住的细节（中国学生绝没有必要和意识记录老师说过的那么多的话，自然因为讲着相同语言的人认为大可不必记录这类唠叨。然而历史就是这样，过了半个世纪，当年的"语录"，变成了"论语"），这便构成了日后打动人心的现场回放。仿佛把人带入两位女性窃窃私语的闺房"语录"，让温馨浸满整个琴界并为之神思翱翔。

写作《古琴》一书的动力，很大程度源于学生的广泛兴趣和与老师交流时所产生的种种感动。2004年3月，王迪在中央电视台"读书节目"推介林西莉著《汉字王国》一书。这朵由王迪栽培的花，却让女儿品到了袭身香气。热爱中国文化的林西莉看好"琴箫和鸣"的表演形式，从2007年到2010年间，四度邀请在中央民族乐团工作的王迪女儿邓红与同事陈莎莎，在瑞典举办了40多场音乐会。这个数字对于初识琴乐的北欧来讲，可不小了。

种瓜可能得瓜也可能得豆

绝不要只把一个女性研究员视为天天抚琴的人，王迪是母亲，必须为孩子奔波，为家庭操心。两个女儿和年迈的婆婆是时时扯开女性事业投入与聪慧奉献却软弱心智的另一端。那个时代的人，不得不为基本生活用品而花费许多心思。王迪曾在北京古琴研究会的院子里种了一棵南瓜，竟然结出了一尺多长的硕大果实。1960年的"饥荒"时代，这位抱着一大颗瓜走在回家路上的人，几乎成为整条街道上饥肠辘辘者的目光焦点，人们羡慕不已地打听从哪里弄来的。支撑节衣缩食家庭的女性，务稼种蔬、穿针引线的劳动绝非没有"琴学意义"，就是这些日常琐事，让她听懂了历代琴弦上的哀怨。

"文革"期间，整个中国音乐研究所都下放到"团泊洼干校"。女性们干的活都是男人干的活，驾辕、耪地、盖房、劈柴、和泥、脱坯等等。"打土坯"就是把土合上水，打成砖一样形状的原始劳动。盖房子时，下面的人要从下向上抛，让站在脚手架上的人接住，但抛的技巧是，必须以上面人的头部为目标，自然落体才能让其接得住，如果目标是人手，就会砸到脚上。王迪善抛土坯，出手不凡，回家后还经常向女儿显摆这类显然再也用不上的经验。

那一代人，一辈子辛辛苦苦也不会留下什么财产,甚至为了支付今天看来微不足道的"老房购置款"竟然不得不卖掉一张心爱古琴。这是她最后一次也是唯一一次获得单位补助和政府认定的购房机会。几万块钱的购房款,对于长年低收入因而没有多少积蓄的王迪来说,显然是个大坎儿。这件明显超出支付能力的事,强烈刺激了她本来就脆弱的神经,让她感到几十年间的辛勤付出未能获得回报的伤痛。一个旨在改变知识分子生存境遇的政策却给这个群体增添了新的创口,让人不忍窥见当事人的岁月尘心。

一项简单劳作得到的收获,可能比之复杂劳作换取的果实更实在。当年那个抱着自己培育的硕大南瓜一路风光引来众人羡慕的人,却在另一片辛勤耕耘的土地上颗粒无收。这让那些把"种瓜得瓜种豆得豆"作为人生信条并因此祈望的人沮丧颓唐,满腹狐疑。这片阡陌上的阴霾,她终生挥之不去。

走出国门

比起老师管平湖来说,王迪还是幸运的,终于在生命的最后时段赶上了好时候。改革开放以来,琴学活动一轮轮上扬。1991年9月5日至1992年7月(10个月),王迪应赵元任女儿、美国哈佛大学音乐系赵如兰教授邀请,先后到哈佛大学、波士顿大学、维斯林大学讲学,介绍古琴和琴歌。期间参加"剑桥新语"学术讨论会、东方学会音乐组会、《九州学刊》第六届年会等。

1992年,王迪赴日本茨城祇园寺,参加明末琴僧东皋学术研讨会,考查东皋禅师在日本传播古琴的资料,研究其对日本琴乐发展所做贡献。

2001年3月,应台北市立国乐团之邀,王迪赴台举办"琴歌琴韵音乐会",担任介绍和讲解。参演的歌唱家有罗天婵、姜嘉锵、谢琳、邓红。2003年3月3日,王迪再赴台湾,到屏东讲学演奏。

迈出国门的王迪具有了国际视野。当我们品味出访过美国、苏联、日本的梅兰芳之所以不同于同时代大多数戏曲演员的见识,也就明白走南闯北的王迪在游学中获得的学术视野以及滋养自己的意义。其时,国门初启,一家人还担心要去的"敌对国家"的安全,好几个城市,好几所大学,十个月的吃、住、行……难以置信。如今的出境游已经从曾经的奢侈渐变为日常,而她有幸成为文化交流历程的首批见证者和亲历者,因而成为最先享受"奢侈"的女琴家。也许,只有在游学、讲学的题目中,我们才能意识到她在此类经历中提炼的反思主题,由此涉足的视域反而是一直享受着世界视野的当代琴家没有意识至少没有充分意识其价值的。

"非遗"时代

2003年11月7日,"古琴艺术"成为联合国教科文组织颁布的第二批"人类非物质文化遗产代表作名录"项目。王迪参加了中国艺术研究院组织的一系列活动:"庆祝古琴入选联合国人类及非物质文化遗产古琴音乐会"。12月12日、13日晚,在北京"华宝斋书院"举办的两场"人类口头与非物质遗产代表作——古琴音乐会"上,她用很少拿出来的名琴"钧天合奏",演奏了《流水》。12月19日,在全国政协礼堂由中国艺术研究院主办的"人类口头和非物质遗产——古琴音乐会"上,她也与同台的吴钊、姚公白、李祥霆、郑珉中、龚一、陈长林、林友仁、丁承运等一起,演奏了琴曲。

2004年7月,王迪参加文化部外联局组织在全国政协礼堂"华宝斋"举办的古琴名家演奏会，参演者都是70岁以上的琴人。这是她最后一次演出。

11月中，王迪肺部感染，整夜咳喘。她坚持不住院，靠医院租来的大氧气瓶支撑呼吸，以期完成最后一篇文稿《辛勤耕耘，默默奉献——纪念川派古琴大师顾梅羹先生》。她对女儿说："这是答应顾梅羹亲属的事，一定要写完。我十分敬重顾老先生。"文稿未及修改，她就被家人强迫送进了医院。病榻上的修订，成了她的绝笔。勉强完稿，她让大女儿邓莹迅速送到顾家。2005年4月26日，终因肺部感染严重，抢救无效，带着诸多遗憾的王迪，走完自己的一生。

一位忙碌的琴人身影，从此消失了。

她懂得不能把"琴"仅仅看作"琴"

文化部门一直渴望重修华夏旧器，但如果不寻找历史资源，只倚重当代资源，便会无从做起。这时候，人们才能从琴人的传统里获得思想援助和矫正坐标。许多"文革"中被批判的东西今天都恢复了，并部分获得了继承乃至发扬。这份能源来自从1949至1966年之间"17年黄金岁月"的积聚。

她让一个"显晦无常"的领域明朗化

琴乐里有一种表现形式，非常古老，但遗失最多，王迪对于现代琴学的最大贡献之处，恰恰就在这里。"琴歌"记载很早，《尚书·益稷》便有了"搏拊琴瑟以咏"的第一笔。"闻弦歌之声"（《论语·阳货》），"弦诗三百"（《墨子·公孟》）等语录，层出不穷。《诗经》是用琴瑟等乐器伴奏歌唱的，《史记·孔子世家》"诗三百五篇,孔子皆弦歌之"。四川出土的汉代陶俑,不仅双手作抚琴状,同时还神采飞扬地张口作唱歌状。当代琴歌研究始于查阜西,早年习琴就是从唱琴歌开始的。他写道:

> 作为一个琴人,我是从琴歌学起的,我从十四岁到二十七岁,一直是弹必有唱,后来有人教我"归口虞山",我就不敢当众演唱了。当我开始弹《忆故人》和《梅花三弄》两个无词琴曲时,我在情绪上还多少有些抵触。我很怀疑,一个琴曲没有词,怎能知道是些什么意思呢?后来到任何地方遇到的琴家,几乎全是只弹而不唱,我才噤若寒蝉,怕人轻视我是"江湖派"!

❀ 查阜西《琴歌辨》,《查阜西琴学文萃》,中央音乐学院出版社,1995年,第162页。

查阜西在琴歌技术上推崇"乡谈折字","乡谈"是方言,"折字"是用方言演唱,即把"四呼开合"和"四声阴阳"折转到发音上,使人听懂。

然而,就是这个可以唱出诗歌三百篇、器乐声乐结合的古老品种,到了20世纪50年代"古琴普查"时,数量竟然不足十首!面对一路下滑却魅力无穷的领域,王迪奋然起身,勇于承担,几乎是独自挑起了"捡石补天"的使命。通过她介绍,我们才知道,原来现存的三千余首琴曲中有五百余首"琴歌"(包括不同唱词的300余首),分量居六分之一,可谓传统声乐艺术的最大宝藏。

所以,致力于琴歌的挖掘、打谱、研究、推介,成为她一生投入最多也是成就最大的事业。她在多数人认为不能为的区域找到了一片大有可为的学术空间和艺术空间。某种程度上说,琴歌是她独立门户的标志,是她立于当代琴学无可替代的玉树临

《浙音释字琴谱》中的《渔歌调》《阳关三叠》《飞鸣吟》；《风宣玄品》中的《捣衣曲》《伯牙吊子期》《醉翁亭》《陋室铭》；《西麓堂琴统》中的《伯牙吊子期》；《琴适》中的《胡笳十八拍》；《重修真传琴谱》中的《阳关三叠》《客至》《伯牙吊子期》《清江引》；《琴书大全》中的《二妃思舜》《黄鹤楼送孟浩然之广陵》；《东皋琴谱》中的《送隐者》《春光好》《八声甘州》《凤凰台上忆吹箫》《浪淘沙（怀旧）》《秋风辞》《清平乐（七夕）》《竹枝词》《长相思》《久别离》《忆王孙》《沧浪歌》《子夜吴歌》《阳关曲》；《太古遗音》中的《阳关三叠》《阳关操》；《治心斋琴学练要》中的《满江红》《关雎》；《张鞠田琴谱》中的《五瓣梅》《花鼓》《板桥道情》。

风处。

1983年，文化艺术出版社出版了她编辑的《琴歌》，共收录52首。除管平湖整理的《蔡氏五弄》《五瓣梅》2首，均为王迪打谱。作曲家江定仙为之作序，其中13首琴歌由中国唱片社录制唱片。1988年，王迪编辑的琴歌专辑《中国古代歌曲长河》第二辑，由北京音像公司出版，15首歌曲都由她撰写简介。2004年8至11月，她又亲自辅导演唱家和乐队，参与琴歌唱盘的编辑。2007年，由女儿邓莹、邓红编辑的《弦歌雅韵》则汇集了母亲终生辑录的百首琴歌。

琴歌开拓了一条借助明朗歌词让一般人了解琴乐的渠道，恢复了久已湮灭的"文人词乐"，历史意义和现实意义不可估量。虽然许多演唱家不知道风格雅致的琴歌由谁打谱定谱，但他们热爱这些作品，常年演唱。

一首首琴歌见证了各个时期的历史故事和文人精神，串联的是中国文人或"凤翔霄汉"，或"渔樵问答"，或"修竹吟风"的情致与足迹。无须说，在琴歌领域首推第一的王迪，让这个被王世襄称为"显晦无常"的菀园，阳光普照，彻底改观。

因为一个人的耕耘，重新恢复了一片几近消散于历史时空的天地，并踵事增华，多所增益，使之成为现代琴学既保持自身品格又走进普罗大众的圣杯。

把录音变成"老八张"并把"老八张"变成经典

1966年"文革"前，中国唱片社与中国音乐研究所已决定联合灌制11张33转密纹唱片，让社会共享"古琴普查"的成果，并决定由王迪负责转录、剪接和编辑。"十年浩劫",此事作罢,编辑成形的资料,存于中国音乐研究所。直到1992年7月,王迪作为代表再次到中国唱片总公司上海分公司,以特约编辑身份,继续中断了十几年的工作。这个要求不断、斤斤计较、一点一滴细节都不放过的编辑,又回来了!这一次没有人怀疑她的经验,因为只有她能够完成这个任务。

当年录音条件有限,录音带放置多年,老琴人也有演奏不准确的地方,诸如此类的难点,都要一项项解决。她以学者式的严谨和艺术家的敏锐,凭借自己的演奏经验和琴学积累,一个音符、一个小节地将录音带剪接成完整的乐曲。把录音原样复制是一回事,把琴曲恢复为应有原貌是另一回事,两者的差异如同把一张破损的老画原样展示与修复如初的区别一样。王迪的努力,使后人得以聆听到老一代琴家的完整绝响。

她先后编辑出第一张、第二张,然后是第三张、第四张……直到第八张。每张唱片都是划时代的,它们集合起来,就重新定义了琴运,赋予琴学以新生和久违的魅力,并起而改变了音响世界一边倒的流行世风。

1994年,由王迪主编,中国音乐研究所、中国唱片社联合出版的八张CD唱片《中国音乐大全——古琴卷》正式出版,其中汇集了五六十年代录制的不同琴派(广陵、虞山、泛川、九嶷、新浙、诸城、梅庵、淮阳、岭南等九大琴派)的22位琴家演奏的53首琴曲。这就是被琴界口口相传、几乎成为固定名词的"老八张"。

数十年间,"老八张"几乎成为"经典"的代名词。它是20世纪琴学录音制品的扛鼎之作,标志着中国传统音乐资料社会化建设的新一轮搭建。

它们不但是唯一可循的20世纪的珍贵琴学音响，第一次全国规模的琴乐精华的集大成之作，也是见证王迪几十年心血的集大成之作。"老八张"值得被一提再提，在琴界获得了无可匹敌的高度评价，就是因为其中反映了受众对制作者鉴赏有度、编选到位、认真投入和奉献精神的认可。唱片通过曲目和题解文字开口说话，让公众回味其中体现的学术理念、技术水准和踏实态度。

1995年，王迪参与编辑的《管平湖古琴曲集》由香港"龙音公司"制作出版，两张CD唱片共收琴曲17首。王迪撰写了《中国古琴大师管平湖先生的艺术生涯》，为"管派"艺术归纳总结。这套唱片也是社会反响幅度极大、让人端视到社会影响力之高的经典之作。

从古琴普查开始，王迪成为第一批为琴人录音的学者之一，投入让她懂得这批音响的来之不易，数十年间与琴人的交往，更让她懂得这代琴人无可估量的价值所在。所以，她不遗余力，甘做人梯。实在说来，也没有人比她担当这些经典制品的编辑更合适了。这类举动，是一种眼界，也是一种境界。虽然决定者是集体，但执行者是王迪。她在大多数人不留意的地方，开垦出了一片空间，播撒了一片金灿灿的光芒。老一代琴人的声音躺在冰冷冷的磁带上，悄无声息，只有让磁带转动起来，转换为走进千家万户的轻便光盘，琴人的声音才能恢复到暖人心田的温度上。琴人以自己的方式呈现生命，但生命之声并未传播于大众，中间缺乏媒介。在此，王迪站了出来，手握磁带，连接两端。把社会需求与琴人需求连接起来，把分裂为传统与现代的两个文化共同体连接起来。她为精神悬空的琴人提供了安置和传达生命的媒介，为音乐爱好者提供了欣赏传统艺术的产品。在这个位置上，她安营扎寨，无人替代。因此，她可以内心光明地拥抱"老八张制作者"的光荣称谓。

他们堆起了数百万文字

1956年人民音乐出版社出版了杨荫浏和侯作吾整理的《古琴曲汇编》，首开五线谱与减字谱对照之先河。杨荫浏早在1947年在南京"清溪琴社"琴家聚会时，就开始使用五线谱、减字谱双重谱式，沟通古今的途径获得了学术界普遍认可。1962年8月，由中央音乐学院中国音乐研究所、北京古琴研究会合编的《古琴曲集》第一集出版，王迪、许健等人整理的62首琴曲正式面世，其中王迪记谱25首。《古琴曲集》是近现代琴学的标志性成果，减字谱与五线谱对照的"现代化"，使仅仅记录指法和弦位的琴谱，有了明确音高和规范节奏。琴曲介绍部分有：版本出处、解题曲意、校勘指法、节拍速度、分段曲式、录音记谱、演奏者、记谱者等完备信息，准确简练，完成了杨荫浏"将民族音乐的古乐谱译为现代乐谱"的期望。《古琴曲集》成为爱好者、研究者的必备书。或许最开心的还是出版社，两部宝典，一版再版，让没有把琴谱当回事的书商们看到如此巨大的发行量时沮丧地感叹："我们动手晚了"。

在中国音乐研究所，王迪参与了所有古琴文献的整理工作，正式出版和油印的书目有：《存见古琴曲谱辑览》《存见古琴指法谱字辑览》《历代琴人传》《传统造琴法》《传统造弦法》《琴论辍新》《清代琴谱著见琴人名录》（上下册）《古指法考》《古琴美学资料选》《历代琴书、琴谱提要》《琴曲新声》《琴曲集成》《古琴唱片资料选》等。这份数目长得让人惊叹,仅仅 17 年时间,这批人怎么能够干这么多事!

这还不是全部,王迪还参加了许多超出琴学的工作:《全国民间音乐舞蹈会演资料》《智化寺京音乐》《1956 年古琴采访工作报告》《中国乐器介绍》《中国传统乐器选编》《大百科辞典》《中国音乐词典》《音乐百科辞典》等。

她写下的文章有:《古琴音乐采访记》《一个古琴考察者在 50 年代中国的旅行》《从"幽兰""广陵散"的谱式谈到减字谱的时代问题》《琴曲〈广陵散〉初探》《漫谈〈流水〉》《〈魏氏乐谱〉中的〈关山月〉》《中国古琴大师管平湖先生的艺术生涯》等。

王迪可不是个只会写点普及文章的人,而是非常专业的研究者,我们可以从乐律学领域举个例子。王迪针对有的学者提出的"明末以前古琴律制是纯律,明末清初以后为三分损益律"的说法,指出:(1)早在元代及明代琴书中已有运用三分损益的明确记载,而非自明末清初之后才有。(2)琴人用不同弦序、不同徽位调弦,是为了把音调得更精确,而不是为了解决纯律。(3)《广陵散》之慢商调降低第二弦使之与第一弦同音,是为了加强音响效果,并非是使其余各弦散音合乎纯律。她认为:从古到今,古琴既包括三分损益律又包含有纯律的复合律制,不存在以明末清初为界两种律制的转变问题。她以测音数据证明:根据数学计算出的音位弹奏出的两个同音级的音,音高是有差距的。

对于普通读者,当然没有必要花费太多时间去理解这些过于专业的文字,但应该告诉大家,到了 20 世纪,不但一般人,就是专业琴家,也对丰富的琴学模糊不清了,他们已经说不大清一首大名鼎鼎的琴曲的原始版本和其他变体之间的区别。名称

> 王迪:《乐律学研究》,《中国音乐年鉴》1992 年卷,济南:山东教育出版社,1992 年,第 81 页。

源自何典，乐曲源自何时，技术如何解释等等，这就需要专家一一识别并加以阐述。琴学传统既离不开琴人维护，也离不开专家说理。上述工作的基本范式，就是探源溯流，条分缕析，把传统琴学纳入现代知识体系。

余语：应该把她的名字贴在温暖记忆的封面

　　人都爱分个高下，教授、研究员、博导、主编、首席学术带头人，学位、职称、官位，这些名誉、头衔和评价都是社会给予的，冠冕堂皇，熠熠生辉。但还有一种评价来自同行，王迪在琴学领域获得了比之显赫头衔更珍贵的口碑，这是她给同行带来信心和典范的反馈。试问：有多少获得了各种头衔的人能够拿得出《古琴曲集》《琴歌》等一大堆绝不仅仅是编辑整理那么简单的厚重成果，连同一大批花费大量心血编辑的录音制品以及时时被人传颂的"老八张"。这类成果足以让许多人惭愧。历史毫无容情地把多数人视之如命、一时一地的头衔和名声撇开，把另一种参照系拿到历史现场，这就是实实在在的成就——永远屹立的坐标！

　　20世纪90年代之前，还没有头衔、学位等评价标准，社会把像王迪一样的研究者的知名度控制在很难冒头的地平线之下，只准保持不准出头的平凡形象。另一方面，上述琴家在其活跃时代，也都对虚名不屑一顾，这不但表现为对传统秩序的认同，而且显示出传统文人的清高。然而，遭遇现代评价体系时，他们困惑了，觉得自己的常识受到了挑战。面对新时代的评价体系，他们感到被时代抛弃。王迪也一样，感到了恐慌。恐慌源于对新式评价体系的不熟悉。处于两个时代之间的人觉得，自己活动的岁月不是时候，甚至抱怨站错了时间表。

20世纪50年代，作为"北京古琴研究会"中最年轻漂亮的新女性，她无疑像天使一样在那座四合院里飘来飘去，也像天使一样被老一代琴家呵护。"北京古琴研究会"时代，老一代琴家内心世界中的朝气蓬勃，恰恰要由这位年轻漂亮的女性来扮演。王迪扮演了这个角色，获得了"宠爱"。最重要的是，站立在身边的管平湖，与其说是老师还不如说是精神世界价值体系的坐标，一座强大的不可摇撼的坐标。天天看得见这样的意志坚定者，年轻人就绝不会怀疑自己所做的一切，坚定不移地跟着老师一路前行。然而，"文革"以及接之而来的浮躁，作为价值坐标的管平湖不在了，整个社会价值体系都在重建，面对世风，她的精神世界出现了从来没有过的危机。面对"有的没理可说、有的无处说理、有的有理也白搭"的尴尬，一肚子委屈和苦水。这是王迪晚年痛苦的根源。

人们注意到，她没有兴趣在众人面前弹琴了，面对整个社会相遇"非遗"的欢庆场面，她却没有50年代参与演出的兴致，社会渴望的目光也没有唤起她抚琴的精神。即使偶然抚琴，手下琴音也不再像50年代那样畅快欢欣。或许是年龄，或许是沧桑，或许是"冰弦自调"的隐忍，总让人感到，她有一股无以为告的情怀，一种涉足当代却迈不进当代的迟疑窘态。

为人立传，仅仅记录故事而不能透析传主心理的失衡，将不会塑造一个完整立体、敢爱敢恨的人。我们不仅要把故事列入时间维度加以叙述，还应该把不可见的心理转换为可以描述的行为，以窥见王迪心底隐含的种种难言之隐。这并非是中国文字擅长故事叙述再加西方小说擅长心理表述的另辟蹊径，而是渴望触摸王迪一代人集体心绪的探视。

带大焦桐韵亦慈

她是第一个走出国门的琴人，20世纪90年代的第一个春天，在美国长达十个月的经历让她看到了像自己一样的女性学者赵如兰的生活。我们无法揣摩她当时的心情，但那个时代到过国外的人的集体回忆大致可以反映其情状，那是一种与国内的贫困对比悬殊的无奈和愤懑。尽管就个人努力和天赋而言，特别是后天努力和勤奋而言，作为杰出女性的代表，王迪取得的成就未必逊于赵如兰，但获得的回报却比赵如兰差得何止千万倍。由于深受"文革"断裂之害，与王迪同辈的学者基本荒废了人生最成熟、最出成果的黄金时段，不但学术身份未受尊重，连基本生活状况都得不到保障。因此，她的精神色调就带有了锁国时代成长起来的知识分子的典型特征，即内心建立的单向价值遇到锁国崩溃后而生的生不逢时的哀怨、悔恨乃至强烈愤恨。这种对比就是现代踏上远途的女性体会蔡文姬手下《胡笳十八拍》断肠声的触点。

我与王迪老师的最后一面，就是在中国艺术研究院音乐研究所讨论学术名誉和生活待遇问题。如果不打断她，她可以一个上午不停地向你唠叨自己心中的委屈。面对一肚子委屈，我不得不把她的同龄人李文如刚刚编辑完的近三百万字的两大册《二十世纪中国音乐期刊篇目汇编》拿给她看，开导她说：一个人有没有职称并不重要，留下的作品则会永垂青史。看到厚厚的书稿，她待在那里，神情木然，翻动书页的双手，突然蒙面，忍不住身体抽动。她好像知道，自己应该把要干的事情干完。我无法回答她关于各种待遇的要求，但一位老同事的书稿在那一刻突然具备了无与伦比的优势，成为我无法作答却得以逃脱的理由。

其实,作为历史记录者,我喜欢听到牢骚,乐意看到抱怨,牢骚和抱怨让我们相信一个人的真实。她们常常无私,但也会自私;她们常常崇高,但也会斤斤计较。历史不应该老是把那个时代的人描绘成"无私奉献""任劳任怨""纯洁无瑕"。"好荣恶辱,好利恶害,人之所同。"他们是活生生的人,像我们一样虚荣、爱面子,喜欢被人称为教授、研究员。她们有家庭,有希望把超量的劳动付出获得现世报的合理要求。

我们太过轻视"集体成果"名目下的负面摧残以及其中体现的"集体不负责",这些被"英雄集体"鼓舞下默默无闻工作着的人,不屈服于困境,从未放弃国家和个人的理想,别无选择地把自己的劳动全部化为"集体名誉"。"集体成果"确实无法获得成果外围、看得见的"增值"价值量,却传达出了另一参照精神。延长琴学生命"物理量"的成果,没有让他们个人获得肯定,却为一个"集体"增了荣。他们不会成为个体金牌的获得者,却成就了一个单位的光荣。把自己的生命完全交给单位和组织,不计个人名利,更没有现代知识产权的概念,这在单位和个人并非划然相别的时代司空见惯。这不是单宗个案,而是集体写照。对于那些"集体署名"从而无法分辨个人成就、个体价值的成品,后人应该怎样言说?这类事件引导我们理解那个时代政治与个体生命的构成关系。

王迪参与编辑的《古琴曲谱》《琴歌》以及上述提到的大量文献整理工作以及音像制品,融汇了她全部的生命乃至牺牲了家庭和个人的幸福,甚至没有名分在大众面前获得知识分子最看重的尊严。终有一天——现在就等到了这一天——人们才能清楚没有署名的作品中的个体成分并部分理解那

陆士衡:《豪士赋序》,《文选》[梁]萧统编、[唐]李善注,李培南、李学颖、高延年、黄宇齐、龚炳孙标点整理,龚炳孙通读。上海:上海古籍出版社,1986年,第2044页。

些被剥夺的名誉带给个体的痛苦。很多人都有这种隐痛却不愿意说出来,王迪只不过像一个代表一样吐了出来。我们有资格责怪她吗?恰恰相反,反倒是因为她道出了苦水从而让我们获得了了解上一代人的方式,并因为获得了从个体视角探视历史的途径而感谢她。所以,作为知道一点内情的人,应该尽可能地把细节记录下来,好让后人认祖归宗,承接血脉。这就是今天我们要把这段历史记录下来的初衷,也是提醒人们不要想当然地把一切成果都简单地归于"集体"而忘记了"个体"的原因。

镜破不改光,兰死不改香。2007年,两位女儿邓莹和邓红,将母亲的遗稿《弦歌雅韵》整理成书,由中华书局出版,内附母亲一生辑录的两盘琴歌CD。抚稿而思,或许王迪整理的琴乐不能参加那些以个人名义申报的诸类奖项,评选委员会自然有理由认定著述不属于个人,受惠人也可以无视原创者的名字,听众也可以不知道制作者的付出。然而,人们喜欢听,喜欢唱,代代不息。那些缭绕于老百姓身边的音响就像生活中的炉边柴、缸中米、杯中茶一样,在岁月静好的日日夜夜,相伴着普通人。唯一难以表态的是后代,女儿们无力禁止公众不使用母亲的名字。

所以,作为历史记录者,我们应该把王迪的名字,贴在这份温暖记忆的封面。

(原载《名家》2013年第6期)